PICCOLA BIBLIOTECA ADELPHI

299

DELLO STESSO AUTORE:

Il levriero di Tiepolo

Omeros

Prima luce

Ti-Jean e i suoi fratelli - Sogno sul Monte della Scimmia

Derek Walcott

MAPPA DEL NUOVO MONDO

EDIZIONE CON TESTO A FRONTE

Con un saggio di Iosif Brodskij

ADELPHI EDIZIONI

I testi di questo volume sono tratti da:
Collected Poems 1948-1984

Traduzioni di Barbara Bianchi,
Gilberto Forti e Roberto Mussapi

Prima edizione: novembre 1992
Undicesima edizione: aprile 2007

WWW.ADELPHI.IT

ISBN 978-88-459-0960-3

INDICE

IL SUONO DELLA MAREA, di Iosif Brodskij 9

MAPPA DEL NUOVO MONDO

Prelude 26
Preludio 27

A Far Cry from Africa 30
Un lontano grido dall'Africa 31

Ruins of a Great House 34
Rovine di una Grande Casa 35

A Sea-Chantey 40
Canto di marinai 41

In a Green Night 46
In una verde notte 47

Islands 50
Isole 51

The Castaway 54
Il naufrago 55

Missing the Sea 58
Nostalgia del mare 59

The Glory Trumpeter 60
La gloriosa tromba 61

Crusoe's Island 64
L'isola di Crusoe 65

Codicil 72
Codicillo 73

Blues 76
Blues 77

Air 80
Aria 81

Star 84
Stella 85

The Walk 86
La passeggiata 87

Volcano 90
Vulcano 91

Endings 94
Epiloghi 95

The Fist 96
Il pugno 97

Love after Love 98
Amore dopo amore 99

Dark August 100
Cupo agosto 101

Sea Canes 102
Canne marine 103

Midsummer, Tobago 104
Mezza estate, Tobago 105

Winding Up 106
Concludendo 107

The Morning Moon 108
La luna mattutina 109

The Schooner Flight 110
La goletta *Flight* 111

Map of the New World 150
Mappa del Nuovo Mondo 151

Hurucan 152
Hurucan 153

Jean Rhys 160
Jean Rhys 161

NOTA ALL'EDIZIONE 167

IL SUONO DELLA MAREA

DI IOSIF BRODSKIJ

Poiché le civiltà sono qualcosa di « finito », nella vita di ognuna viene un momento in cui il centro non tiene più. Ciò che allora le salva dalla disintegrazione non è la forza delle legioni ma quella della lingua. Così fu per Roma e, prima, per la Grecia ellenica. Il compito di « tenere », allora, ricade sugli uomini delle province, della periferia. Contrariamente a quanto si crede di solito, la periferia non è il luogo in cui finisce il mondo – è proprio il luogo in cui il mondo si decanta. È un fenomeno che riguarda la lingua non meno che l'occhio.
Derek Walcott è nato nell'isola di Saint Lucia, dalle parti dove « il sole, stanco dell'impero, tramonta ». Nel tramontare, però, porta all'incandescenza un crogiolo di razze e di culture ben più grande di qualsiasi crogiolo situato a nord dell'Equatore. Il reame da cui proviene questo poeta è una vera Babele genetica che tuttavia ha per lingua l'inglese. Se Walcott scrive qualche volta in *patois* creolo, non lo fa per sfoggiare le sue virtù stilistiche o per conquistarsi un pubblico più vasto, ma in omaggio all'idioma che parlava da bambino – prima di arrampicarsi lungo le spirali della Torre.
Le vere biografie dei poeti sono come quelle degli uccelli, quasi identiche – i dati veri vanno ricercati nei suoni che emettono. La biografia di un poeta è

Queste pagine costituivano in origine l'introduzione a *Poems of the Caribbean* di Derek Walcott, Limited Editions Club, 1983.

nelle sue vocali e sibilanti, nella sua metrica, nelle rime e nelle metafore. L'opera complessiva di un poeta è una testimonianza resa al miracolo dell'esistenza ed è sempre, in un certo senso, un vangelo i cui versetti convertono il loro stesso autore più radicalmente di quanto non convertano il suo pubblico. Nei poeti la scelta delle parole è invariabilmente più rivelatrice di qualsiasi elemento narrativo; ed ecco perché i migliori tremano all'idea che qualcuno scriva la loro biografia. Per chi vuol sapere qualcosa delle origini di Walcott, le pagine di questa antologia sono la guida migliore. Per esempio, si può benissimo intendere come un autoritratto del poeta quello che uno dei suoi personaggi dice di sé:

I'm just a red nigger who love the sea,
I had a sound colonial education,
I have Dutch, nigger, and English in me,
and either I'm nobody, or I'm a nation.[1]

Questa allegra quartina ci dà informazioni sicure sul suo autore, così come un trillo udito da lontano ci annuncia – senza che occorra affacciarsi alla finestra – che lì fuori c'è un uccello. L'infinito « love » in luogo di « loves » ci dice subito che l'autore non scherza quando si definisce « a red nigger ». « A sound colonial education » è un'allusione all'Università delle Indie occidentali, dove Walcott si laureò nel 1953, sebbene in questo verso si possano leggere molte altre cose su cui torneremo più avanti. Vi si può avvertire, intanto, il disprezzo per un modo di esprimersi tipico della

1. « Io sono solamente un negro rosso che ama il mare, / ho avuto una buona istruzione coloniale, / ho in me dell'olandese, del negro e dell'inglese, / sono nessuno, o sono una nazione ».

razza padrona e, insieme, l'orgoglio dell'indigeno per aver ricevuto una tale educazione. « Dutch » sta a significare che Walcott ha nelle vene un po' di sangue olandese, insieme a quello inglese. Ma se si considera la particolare natura di questo reame, vien fatto di pensare non tanto al sangue quanto alle lingue. Invece di – o accanto a – « Dutch » avremmo potuto incontrare qualche altra lingua: francese, hindi, *patois* creolo, swahili, giapponese, spagnolo (in una delle tante varietà dell'America latina) e così via: tutto ciò che un indigeno può avere udito nella culla o per le strade. Una cosa è importante: tra quelle lingue c'era l'inglese.
Va notata la finezza con la quale il terzo verso si chiude sulle parole « English in me ». Dopo « I have Dutch », Walcott butta lì il suo « nigger » imprimendo a tutto il verso una cadenza discendente, quasi jazzistica; e proprio per questo, quando il verso si risolleva per scandire « and English in me », avvertiamo un orgoglio smisurato, anzi un senso di *grandeur*, sottolineato dalla scossa sincopata che c'è tra « English » e « in me ». E dall'alto della consapevolezza che gli viene dall'avere in sé qualcosa di inglese, da questa altezza alla quale la sua voce si spinge con la riluttanza dell'umiltà ma anche con la sicurezza del ritmo, Walcott dà libero corso alla sua forza oratoria con l'affermazione « either I'm nobody, or I'm a nation ». La solennità e la stupefacente forza vocale di questa dichiarazione sono direttamente proporzionali al reame di cui Derek Walcott si fa portavoce e all'infinità oceanica che lo circonda. Quando si ode una voce simile, si comincia a capire; il mondo si decanta. È questo che l'autore intende quando dice che lui « love the sea », che lui « ama il mare ».
Sono quasi quarant'anni che Walcott continua a

farlo, a coltivare questo amore per il mare, e in tutto questo tempo i critici, sull'una e sull'altra sponda, l'hanno etichettato come « un poeta delle Indie occidentali » o « un poeta nero dei Caraibi ». Sono definizioni miopi e fuorvianti: tanto varrebbe dire che il Salvatore è un galileo. È un accostamento abbastanza calzante, se non altro perché ogni tendenza riduttiva nasce dalla stessa paura dell'infinito; e quando si tratta di fame d'infinito accade spesso che la poesia si lasci indietro anche le dottrine religiose. La viltà mentale e spirituale così evidente in questi tentativi di ridurre quest'uomo a uno scrittore regionale può spiegarsi anche con la ritrosia dei signori critici ad ammettere che il grande poeta della lingua inglese è un nero. Si può attribuirla altresì a labirinti auricolari irrimediabilmente scassati o a retine foderate di *bacon*. Ma la spiegazione più benevola va ricercata, è chiaro, in una scarsa conoscenza della geografia.

Le Indie occidentali formano un vasto arcipelago, grande quasi cinque volte quello greco. Se si dovesse definire la poesia soltanto in termini di materia prima, cioè sulla scorta dei temi, Derek Walcott avrebbe finito col trovarsi tra le mani una quantità di materiale cinque volte superiore a quella del vate che scriveva nel dialetto ionico e che, anche lui, amava il mare. In verità, se c'è un poeta col quale Walcott sembra avere un mucchio di cose in comune, costui non è un qualche inglese, bensì piuttosto l'autore dell'*Iliade* e dell'*Odissea*, oppure l'autore del *De rerum natura*. Perché la capacità descrittiva di Walcott è veramente epica; e ciò che salva i suoi versi dalla noia che accompagna l'epica è la relativa povertà della storia del suo particolare reame e la sensibilità del suo orecchio alla lingua inglese, una sensibilità che di per sé è storia.

Anche a voler astrarre dallo straordinario talento di Walcott, i suoi versi sono così sonori e stereoscopici proprio perché questa « storia » è abbastanza densa di avvenimenti: perché il linguaggio stesso è uno strumento epico. Tutto ciò che questo poeta tocca si carica di riverberi e prospettive, come onde magnetiche la cui acustica è psicologica, le cui implicazioni sono come altrettanti echi. Certo, in quel suo reame particolare, le Indie occidentali, ci sono tante cose da toccare – il regno naturale offre da solo un'enorme quantità di materiale fresco. Ma ecco un esempio di come Walcott tratta quello che fra tutti i temi poetici è il tema *de rigueur* per eccellenza, la luna, che egli fa parlare così:

Slowly my body grows a single sound,
slowly I become
a bell,
an oval, disembodied vowel,
I grow, an owl,
an aureole, white fire.[1]
(dalla poesia *Metamorfosi*, I. *Luna*)

Ed ecco come parla lui stesso *di* questo tema poetico quanto mai impalpabile – o, piuttosto, ecco ciò che lo induce a parlarne:

a moon ballooned up from the Wireless Station. O
mirror, where a generation yearned
for whiteness, for candour, unreturned.[2]
(dalla raccolta *Another Life*)

1. « Lentamente il mio corpo si fa un solo suono, / lentamente divento / una campana, / un'ovale, incorporea vocale, / mi faccio gufo, / aureola, fuoco bianco »

2. « una luna si alzò come un pallone dalla Stazione Radio. O / specchio, dove anelava una generazione, / non corrisposta, a bianchezza, candore ».

L'allitterazione psicologica che quasi costringe il lettore a vedere le due *o* di « moon » fa pensare non solo alla natura ricorrente di questo spettacolo, ma anche al carattere ripetitivo dell'assistervi. Quest'ultimo, essendo un fenomeno umano, riveste una maggiore importanza per il poeta, e la sua descrizione di quelli che assistono allo spettacolo e delle loro ragioni per assistervi stupisce il lettore per l'equazione, veramente astronomica, che istituisce tra gli ovali neri e quello bianco. Si avverte qui che le due *o* di « moon » si sono mutate, passando per la doppia *l* di « ballooned », nelle due *r* di « O / mirror », le quali, per propria virtù consonantica, stanno anche per « *r*esisting *r*eflection » (dove « reflection » significa « riflesso » ma anche « riflessione »); si avverte che non si vuol dare la colpa alla natura né alla gente, bensì al linguaggio e al tempo. Si deve alla sovrabbondanza di questi elementi, e non a una scelta dell'autore, l'origine di questa equazione di nero e bianco – un'equazione che affronta la polarizzazione razziale, di cui questo poeta è stato testimone dalla nascita, meglio di quanto siano capaci di fare tutti i suoi critici con la loro conclamata imparzialità.

In parole semplici, qui non c'è una riduttiva autoaffermazione razziale che senza dubbio gli avrebbe cattivato le simpatie dei suoi avversari come dei suoi paladini: Walcott, invece, s'identifica con quella « incorporea vocale » della lingua che le due parti della sua equazione hanno in comune. La saggezza di questa scelta, poi, non è tanto sua, di Walcott, quanto saggezza del suo linguaggio – meglio ancora, saggezza della lettera di questo linguaggio: del nero su bianco. Walcott è semplicemente una penna che è consapevole del proprio muoversi, ed è questa autoconsapevolezza a foggiare i suoi versi, forzandoli ad assumere la loro vivida eloquenza:

Virgin and ape, maid and malevolent Moor,
their immortal coupling still halves our world.
He is your sacrificial beast, bellowing, goaded,
a black bull snarled in ribbons of its blood.
And yet, whatever fury girded
on that saffron-sunset turban, moon-shaped sword
was not his racial, panther-black revenge
pushing her chamber with raw musk, its sweat,
but horror of the moon's change,
of the corruption of an absolute,
like a white fruit
pulped ripe by fondling but doubly sweet.[1]
(dalla poesia *Capre e scimmie*)

Ecco il risultato di una « buona istruzione coloniale »; ed ecco che cosa significa avere « dell'inglese in me ». Con pari diritto Walcott avrebbe potuto sostenere di avere in sé qualcosa di greco, latino, italiano, tedesco, spagnolo, russo, francese: grazie a Omero, Lucrezio, Ovidio, Dante, Rilke, Machado, Lorca, Neruda, l'Achmatova, Mandel'štam, Pasternak, Baudelaire, Valéry, Apollinaire. Non si può parlare di influenze: sono cellule della sua

1. « Vergine e scimmia, fanciulla e Moro perfido, / il loro immortale accoppiamento spezza ancora il nostro mondo in due. / Per voi egli è la bestia sacrificale, mugghiante, pungolata, / un toro nero avviluppato in nastri del suo sangue. / Eppure il furore che cingeva / quel turbante color croco e tramonto, quella spada ricurva come luna / non era in lui vendetta razziale, nera come pantera, / che invadeva la camera di lei con l'afrore del muschio primitivo, / ma orrore per la luna che cambiava, / per il guastarsi di un assoluto, / simile a un frutto bianco, / maturo e sfatto per troppe carezze, ma doppiamente dolce ».

circolazione sanguigna, non meno di quanto lo siano Shakespeare o Edward Thomas, perché la poesia è l'essenza della cultura del mondo. E se la cultura del mondo si fa più palpabile in mezzo ad alberi macerati dall'orina tra i quali « un sentiero fangoso si attorce come un serpente in fuga », diciamo grazie al sentiero fangoso.

Ed è quello che fa l'eroe lirico di Walcott. Unico custode della civiltà che al centro si è ormai svuotata, egli è in piedi su questo sentiero fangoso e guarda ciò che avviene intorno a lui: « il pesce guizza, disegnando anelli / che sposano la vastità del porto » con « nuvole arricciate come carte bruciate lungo gli orli », con « fili del telefono che cantano di palo in palo / in una parodia della prospettiva ». Per l'acutezza del suo sguardo questo poeta somiglia a Joseph Banks, con la differenza che lui, quando posa gli occhi su una pianta « incatenata nella sua rugiada » o su un qualsiasi oggetto, compie un atto di cui nessun naturalista sarebbe capace: riesce ad animare quella pianta e quell'oggetto. Certo, è una taumaturgia di cui il reame ha bisogno, non meno di quanto ne abbia bisogno il poeta per viverci e sopravviverci. In ogni caso, il reame gli è grato e lo ripaga; ed ecco allora versi come questi:

Slowly the water rat takes up its reed pen
and scribbles leisurely, the egret
on the mud tablet stamps its hieroglyph...[1]

È qualcosa di più che dare un nome alle piante e agli animali del giardino; ed è anche qualcosa che viene un po' più tardi. La poesia di Walcott è

1. « Il sorcio d'acqua impugna lentamente la sua penna di canna / e scribacchia con comodo, l'airone / fissa sul fango della tavoletta il proprio geroglifico... ».

adamitica nel senso che lui e il suo mondo sono usciti dal paradiso – lui, per aver assaggiato il frutto della conoscenza; il suo mondo, per ragioni storiche e politiche.

« Ah, bravo terzo mondo! » esclama Walcott in un'altra poesia, e in questa esclamazione c'è molto di più che semplice angoscia o esasperazione. È una chiosa del linguaggio di fronte a un fallimento – non solo locale, ben più che locale – del coraggio e dell'immaginazione; è una risposta semantica all'insensata e traboccante realtà, epica nel suo squallore. Piste d'atterraggio abbandonate e invase dalla vegetazione, ville diroccate di funzionari in pensione, baracche coperte di lamiera ondulata, piroscafi costieri con un solo fumaiolo che tossiscono come « cimeli usciti da Conrad », carcasse a quattro ruote scampate ai cimiteri degli sfasciacarrozze e costrette a trascinare le proprie ossa davanti a piramidi condominiali, politicanti incapaci o corrotti e giovani cialtroni che chiedono solo di sostituirli a colpi di revolver e intanto farfugliano pattume rivoluzionario, « pescicani con pinne ben stirate / che fanno a pezzi noi piccoli pesci con ghigni da rasoio »; un reame nel quale « il cervello lo scassi prima ancora di imbatterti in un libro », dove accendi la radio e ti capita di sentire il comandante di una bianca nave da crociera che fa la voce grossa perché un'isola devastata dall'uragano non si decide a riaprire il suo *duty-free shop*, dove « i poveri restare sempre poveri, qualunque culo prendano », dove qualcuno riassume la sorte toccata al suo reame dicendo « noi stati in catene, ma catene unito noi insieme, / adesso chi avere, buon per lui, e chi andato in malora, in malora »; e dove « di là dai mangrovieti avvampanti, / gli ibis si allenano per avere un posto nei francobolli ».

Accettata o respinta, l'eredità coloniale rimane una presenza mesmerizzante nelle Indie occidentali. Walcott non cerca di spezzarne il sortilegio tuffandosi « nell'incoerenza della nostalgia » per un passato inesistente o ritagliandosi una nicchia nella cultura dei padroni di ieri (una nicchia nella quale starebbe scomodo, se non altro per la dimensione del suo talento). Walcott parte dalla – e opera nella – convinzione che il linguaggio è qualcosa che supera in grandezza i propri padroni e i propri servitori, e che la poesia, essendo la suprema versione del linguaggio, è perciò uno strumento di arricchimento personale per gli uni e per gli altri: cioè, che è un modo per conquistare un'identità che scavalca i confini di classe, razza o ego. Questo è solo senso comune, nient'altro; e questo è anche un buon programma di rinnovamento sociale, il migliore che ci sia. Ma la poesia, del resto, è anche l'arte più democratica – comincia sempre da zero. In un certo senso, il poeta è davvero come un uccello che canta senza guardare al ramo su cui si posa, qualunque sia il ramo, sperando che ci sia qualcuno ad ascoltarlo, anche se sono soltanto le foglie.

A proposito di queste « foglie » – di queste vite, perché la poesia, dai greci a Dante, ha istituito questa equazione –, mute o sibilanti che siano, avvizzite o immobili, a proposito della loro impotenza e rassegnazione, Walcott ne sa quanto basta perché il lettore alzi gli occhi dalla pagina e si guardi intorno quando s'imbatte in versi come questi:

Sad is the felon's love for the scratched wall,
beautiful the exhaustion of old towels,

and the patience of dented saucepans
seems mortally comic...[1]

E riprende la lettura solo per trovare:

I know how profound is the folding of
a napkin
by a woman whose hair will go white...[2]

Con tutta la sua desolante precisione, questa conoscenza è immune dalla disperazione di certi cosiddetti « moderni » (una disperazione che spesso è solo un modo di mascherare un precario senso di superiorità) ed è espressa in toni altrettanto pacati e piani quanto la fonte da cui proviene. Ciò che salva i versi di Walcott da ogni crescendo isterico è la sua convinzione che

time that makes us objects, multiplies
our natural loneliness...[3]

dalla quale discende la seguente « eresia »:

God's loneliness moves in His smallest
creatures.[4]

Nessuna « foglia », né quassù né ai tropici, amerebbe sentirsi dire cose simili, ed è questo il motivo per cui raramente le « foglie » applaudono al canto di questo uccello. È inevitabile che un silenzio ancora più grande tenga dietro a versi come:

1. « Triste è l'amore del malvagio per il muro coperto di graffiti, / bello lo sfinimento di vecchie salviette, / e la pazienza di teglie ammaccate / è mortalmente comica... ».

2. « Io so quanto profondo è il ripiegarsi di un tovagliolo / tra le mani di una donna i cui capelli diverranno bianchi... ».

3. « il tempo che di noi fa tanti oggetti, moltiplica / la nostra naturale solitudine... ».

4. « di Dio la solitudine si muove nelle Sue più minuscole / creature ».

All of the epics are blown away with leaves,
blown with careful calculations on brown paper,
these were the only epics: the leaves...[1]

L'assenza di risposta ha segnato la condanna di molti poeti, e in tanti modi diversi il cui risultato finale è quell'abominevole equilibrio – o tautologia – tra causa ed effetto: il silenzio. Ciò che impedisce a Walcott di darsi un atteggiamento tragico – più che giustificato nel suo caso – non è l'ambizione ma l'umiltà, che lega lui e queste « foglie » in un unico libro ben compatto: « ... ma chi sono io mai... sotto i talloni di quei mille e mille / in corsa verso la proclamazione del loro solo nome, / saltimbanchi!... ».

Walcott non è un tradizionalista né un « modernista ». A lui non si adatta nessuno degli « ismi » disponibili e degli « isti » che ne conseguono. Non appartiene a nessuna « scuola »: non ce ne sono molte nei Caraibi, se si eccettuano quelle dei pesci. Si sarebbe tentati di chiamarlo un realista metafisico, ma il realismo è metafisico per definizione, così come vale l'inverso. E poi, è un'etichetta che saprebbe troppo di prosa. Walcott può essere naturalista, espressionista, surrealista, imagista, ermetico, confessionale – a scelta. Semplicemente, egli ha assorbito, al modo in cui le balene assorbono il plancton o un pennello assorbe la tavolozza, tutti gli idiomi stilistici che il Nord poteva offrire: adesso cammina con le sue gambe, e a grandi passi.

La sua versatilità, nella metrica e nei « generi », è invidiabile. Nell'insieme, però, questo poeta tende a un monologo lirico e a un discorso narrativo.

1. « Tutta l'epica vola con le foglie, / via con gli astuti calcoli sulla carta marrone, / non ci fu che quest'epica: le foglie... ».

Tutto questo, e la propensione a scrivere per cicli, come pure le sue *pièces* in versi, fanno di nuovo pensare a una vena epica, e forse è tempo di considerare Walcott in questa luce. Per quasi quarant'anni, senza sosta, i suoi versi pulsanti e inesorabili sono arrivati nella lingua inglese come onde di marea, coagulandosi in un arcipelago di poesie senza le quali la mappa della letteratura moderna potrebbe essere scambiata per carta da parati. Walcott ci dà più che se stesso, più che « un mondo »; ci dà il senso di un infinito che prende forma nel linguaggio come nell'oceano che è sempre presente nelle sue poesie: come fondale o proscenio, come tema o come metro.
Per dirla con parole diverse, queste poesie rappresentano una fusione di due versioni dell'infinito: il linguaggio e l'oceano. Il padre comune di questi due elementi è – non dimentichiamolo – il tempo. Se la teoria evoluzionistica, e specialmente quella parte di essa secondo la quale saremmo tutti venuti dal mare, non fa acqua, allora è lecito dire che la poesia di Derek Walcott, per i suoi temi e per il suo stile, è la forma più alta e più logica dell'evolversi della specie. Questo poeta, senza dubbio, è stato fortunato a nascere in questa periferia, in questo crocevia dell'inglese e dell'Atlantico, dove l'uno e l'altro arrivano a ondate solo per poi ripiegare. Lo stesso tipo di moto – flusso verso la riva, riflusso verso l'orizzonte – avviene nei versi, nei pensieri, nella vita di Walcott.
Chi apre questo libro vede « ... il grigio, ferreo porto / dischiuso su un rugginoso cardine di gabbiani », ode « ... la finestra del cielo cigolare / su congegni montati alla rovescia », è avvertito che « Alla fine di questa frase, comincerà la pioggia. / All'orlo della pioggia, una vela... ». Siamo nelle Indie occidentali, siamo nel reame che una volta,

nella sua innocente ignoranza della storia, scambiò la lanterna di una caravella per una luce che segnasse la fine di un tunnel, e pagò a caro prezzo questo equivoco – la luce segnava l'ingresso del tunnel. Sono equivoci che capitano spesso, agli arcipelaghi come agli individui; in questo senso, ogni uomo è un'isola. Se tuttavia dobbiamo registrare questa esperienza come un'esperienza particolare delle Indie occidentali e chiamare questo reame le Indie occidentali, facciamo pure; ma chiariamo anche, allora, che intendiamo il luogo scoperto da Colombo, colonizzato dai britannici e immortalato da Walcott. Possiamo aggiungere, poi, che l'atto di conferire a un luogo lo *status* di realtà lirica comporta più immaginazione e più generosità che non l'atto di scoprire o sfruttare qualcosa che era già creato.

1983

MAPPA DEL NUOVO MONDO

PRELUDE

I, with legs crossed along the daylight, watch
The variegated fists of clouds that gather over
The uncouth features of this, my prone island.

Meanwhile the steamers which divide horizons prove
Us lost;
Found only
In tourist booklets, behind ardent binoculars;
Found in the blue reflection of eyes
That have known cities and think us here happy.

Time creeps over the patient who are too long patient,
So I, who have made one choice,
Discover that my boyhood has gone over.

And my life, too early of course for the profound cigarette,
The turned doorhandle, the knife turning
In the bowels of the hours, must not be made public
Until I have learnt to suffer
In accurate iambics.

I go, of course, through all the isolated acts,
Make a holiday of situations,
Straighten my tie and fix important jaws,

PRELUDIO

Io, con le gambe incrociate alla luce del giorno,
guardo
I pugni variegati di nuvole che si raccolgono
sopra
Gli sgraziati lineamenti di questa mia isola prona.

Intanto i piroscafi che dividono orizzonti
dichiarano
Noi perduti;
Trovati solo
In opuscoli turistici, dietro ardenti binocoli;
Trovati nel riflesso blu di occhi
Che hanno conosciuto metropoli e ci credono
felici, qui.

Il tempo striscia sui pazienti che da troppo sono
pazienti,
Così io, che ho fatto una scelta,
Scopro che la mia fanciullezza se n'è andata.

E la mia vita, troppo presto, certo, per la
profonda sigaretta,
La maniglia girata, il coltello che rigira
Nelle viscere delle ore, non deve essere resa
pubblica
Finché non ho imparato a soffrire
In accurati giambi.

Vado, certo, attraverso tutti gli atti isolati,
Faccio di situazioni una vacanza,
Mi aggiusto la cravatta e fisso mascelle importanti,

And note the living images
Of flesh that saunter through the eye.

Until from all I turn to think how,
In the middle of the journey through my life,
O how I came upon you, my
Reluctant leopard of the slow eyes.

1948

E noto le vive immagini
Di carne che passeggiano per l'occhio.

Finché da tutto mi allontano per pensare come,
Nel mezzo del cammin della mia vita,
Oh come giunsi a incontrare te, mio
Riluttante leopardo dai lenti occhi.

1948

A FAR CRY FROM AFRICA

A wind is ruffling the tawny pelt
Of Africa. Kikuyu, quick as flies,
Batten upon the bloodstreams of the veldt.
Corpses are scattered through a paradise.
Only the worm, colonel of carrion, cries:
« Waste no compassion on these separate dead! ».
Statistics justify and scholars seize
The salients of colonial policy.
What is that to the white child hacked in bed?
To savages, expendable as Jews?

Threshed out by beaters, the long rushes break
In a white dust of ibises whose cries
Have wheeled since civilization's dawn
From the parched river or beast-teeming plain.
The violence of beast on beast is read
As natural law, but upright man
Seeks his divinity by inflicting pain.
Delirious as these worried beasts, his wars
Dance to the tightened carcass of a drum,
While he calls courage still that native dread
Of the white peace contracted by the dead.

Again brutish necessity wipes its hands
Upon the napkin of a dirty cause, again

UN LONTANO GRIDO DALL'AFRICA

Un vento scompiglia la fulva pelliccia
Dell'Africa. Kikuyu, veloci come mosche,
Si saziano ai fiumi di sangue del *veld*.
Cadaveri giacciono sparsi in un paradiso.
Solo il verme, colonnello del carcame, grida:
« Non sprecate compassione su questi morti
separati! ».
Le statistiche giustificano e gli studiosi colgono
I fondamenti della politica coloniale.
Che senso ha questo per il bimbo bianco squartato
nel suo letto?
Per selvaggi sacrificabili come Ebrei?

Trebbiati da battitori, i lunghi giunchi erompono
In una bianca polvere di ibis le cui grida
Hanno vorticato fin dall'alba della civiltà
Dal fiume riarso o dalla pianura brulicante
di animali.
La violenza della bestia sulla bestia è intesa
Come legge naturale, ma l'uomo eretto
Cerca la propria divinità infliggendo dolore.
Deliranti come queste bestie turbate,
le sue guerre
Danzano al suono della tesa carcassa
di un tamburo,
Mentre egli chiama coraggio persino quel nativo
terrore
Della bianca pace contratta dai morti.

Di nuovo la brutale necessità si terge le mani
Sul tovagliolo di una causa sporca, di nuovo

A waste of our compassion, as with Spain,
The gorilla wrestles with the superman.
I who am poisoned with the blood of both,
Where shall I turn, divided to the vein?
I who have cursed
The drunken officer of British rule, how choose
Between this Africa and the English tongue I love?
Betray them both, or give back what they give?
How can I face such slaughter and be cool?
How can I turn from Africa and live?

Uno spreco della nostra compassione, come per la
Spagna,
Il gorilla lotta con il superuomo.
Io, che sono avvelenato dal sangue di entrambi,
Dove mi volgerò, diviso fin dentro le vene?
Io che ho maledetto
L'ufficiale ubriaco del governo britannico,
come sceglierò
Tra quest'Africa e la lingua inglese che amo?
Tradirle entrambe, o restituire ciò che danno?
Come guardare a un simile massacro e rimanere
freddo?
Come voltare le spalle all'Africa e vivere?

RUINS OF A GREAT HOUSE

... though our longest sun sets at right declensions and makes but winter arches, it cannot be long before we lie down in darkness, and have our light in ashes...

BROWNE, *Urn Burial*

Stones only, the disjecta membra of this Great
House,
Whose moth-like girls are mixed
with candledust,
Remain to file the lizard's dragonish claws.
The mouths of those gate cherubs shriek
with stain;
Axle and coach wheel silted under the muck
Of cattle droppings.
Three crows flap for
the trees
And settle, creaking the eucalyptus boughs.
A smell of dead limes quickens in the nose
The leprosy of empire.
«Farewell, green fields,
Farewell, ye happy
groves!».
Marble like Greece, like Faulkner's South
in stone,
Deciduous beauty prospered and is gone,
But where the lawn breaks in a rash of trees

ROVINE DI UNA GRANDE CASA

... sebbene il nostro sole più lungo tramonti a una giusta inclinazione e non faccia che archi invernali, non può essere lontano il tempo in cui giaceremo nell'oscurità e avremo la nostra luce in cenere...

BROWNE, *Urne sepolcrali*

Pietre soltanto, le disjecta membra di questa
Grande Casa,
Le cui ragazze simili a falene sono mischiate
a polvere di candele,
Restano a limare gli artigli di drago
della lucertola.
Le bocche di quei cherubini al cancello strillano
imbrattate;
L'assale e la ruota della carrozza interrati
sotto il fango
Del letame.
Tre corvi agitano le ali in cerca
di alberi
E si posano, facendo stridere i rami
dell'eucalipto.
Un odore di cedri morti risveglia nel naso
La lebbra dell'impero.
«Addio, verdi campi,
Addio, voi felici selve!».
Marmo come la Grecia, come il Sud di Faulkner,
fatto pietra,
La decidua bellezza fiorì e subito scomparve,
Ma dove il prato si spezza in una eruzione
di alberi

A spade below dead leaves will ring the bone
Of some dead animal or human thing
Fallen from evil days, from evil times.

It seems that the original crops were limes
Grown in the silt that clogs the river's skirt;
The imperious rakes are gone, their bright girls gone,
The river flows, obliterating hurt.
I climbed a wall with the grille ironwork
Of exiled craftsmen protecting that great house
From guilt, perhaps, but not from the worm's rent
Nor from the padded cavalry of the mouse.
And when a wind shook in the limes I heard
What Kipling heard, the death of a great empire, the abuse
Of ignorance by Bible and by sword.

A green lawn, broken by low walls of stone,
Dipped to the rivulet, and pacing, I thought next
Of men like Hawkins, Walter Raleigh, Drake,
Ancestral murderers and poets, more perplexed
In memory now by every ulcerous crime.
The world's green age then was a rotting lime
Whose stench became the charnel galleon's text.
The rot remains with us, the men are gone.
But, as dead ash is lifted in a wind
That fans the blackening ember of the mind,
My eyes burned from the ashen prose of Donne.

Ablaze with rage I thought,
Some slave is rotting in this manorial lake,

Una vanga sotto le foglie morte farà risuonare
l'osso
Di qualche animale morto o cosa umana
Caduta da giorni malvagi, da tempi malvagi.

Sembra che i primitivi raccolti fossero cedri
Cresciuti nel limo che ostruisce l'orlo del fiume;
I libertini imperiosi se ne sono andati, andate
le loro vistose ragazze,
Il fiume scorre, cancellando ferite.
Mi arrampicai su un muro con grate di ferro,
Opera di artigiani in esilio, che proteggevano
quella grande casa
Dalla colpa, forse, ma non dall'affitto del verme
Né dalla felpata cavalleria del topo.
E quando un vento si agitò fra i cedri udii
Ciò che Kipling udì, la morte di un grande
impero, l'abuso
Dell'ignoranza da parte della Bibbia e della spada.

Un verde prato, spezzato da muretti di pietra,
Si tuffava nel ruscello, e passeggiando pensai poi
A uomini come Hawkins, Walter Raleigh, Drake,
Atavici assassini e poeti, resi più incerti
Ora, nella memoria, da ogni crimine ulceroso.
L'età verde del mondo era allora un cedro marcio
Il cui fetore divenne il testo del galeone-ossario.
Il marciume resta a noi, gli uomini se ne
sono andati.
Ma, come la cenere morta è sollevata da un vento
Che soffia sui tizzoni anneriti della mente,
I miei occhi ardevano per la prosa cinerea
di John Donne.

Infiammato di rabbia io pensai,
In questo lago feudale sta marcendo qualche
schiavo,

But still the coal of my compassion fought
That Albion too was once
A colony like ours, « part of the continent, piece
of the main »,
Nook-shotten, rook o'erblown, deranged
By foaming channels and the vain expense
Of bitter faction.
All in compassion ends
So differently from what the heart arranged:
« as well as if a manor of thy friend's... ».

Ma ancora la brace della mia compassione lottava
Perché un tempo anche Albione era
Una colonia come la nostra, « parte del
continente, frammento della terra »,
Fitta di covi, fremente di corvi, sconvolta
Da canali schiumosi e dalla vana spesa
Di amara discordia.
Tutto nella compassione
ha fine
Così diversamente da come il cuore dispose:
« proprio come se il feudo di un tuo amico... ».

A SEA-CHANTEY

Là, tout n'est qu'ordre et beauté,
Luxe, calme, et volupté.

BAUDELAIRE

Anguilla, Adina,
Antigua, Cannelles,
Andreuille, all the *l*'s,
Voyelles, of the liquid Antilles,
The names tremble like needles
Of anchored frigates,
Yachts tranquil as lilies,
In ports of calm coral,
The lithe, ebony hulls
Of strait-stitching schooners,
The needles of their masts
That thread archipelagoes
Refracted embroidery
In feverish waters
Of the seafarer's islands,
Their shorn, leaning palms,
Shaft of Odysseus,
Cyclopic volcanoes,
Creak their own histories,
In the peace of green anchorage;
Flight, and Phyllis,
Returned from the Grenadines,
Names entered this Sabbath,
In the port clerk's register;
Their baptismal names,
The sea's liquid letters,
Repos donnez à cils...
And their blazing cargoes

UN CANTO DI MARINAI

Là, tout n'est qu'ordre et beauté,
Luxe, calme, et volupté.

BAUDELAIRE

Anguilla, Adina,
Antigua, Cannelles,
Andreuille, tutte le *l*,
Voyelles, delle liquide Antille,
I nomi tremano come aghi
Di fregate all'ancora,
Panfili tranquilli come gigli,
In porti di calmo corallo,
Le chiglie agili d'ebano
Delle golette che cuciono gli stretti,
Gli aghi dei loro alberi
Che infilano arcipelaghi
Rifratto ricamo
Nelle acque febbrili
Delle isole del navigante,
Le loro palme tosate, recline,
Asta di Odisseo,
Ciclopici vulcani,
Stridono le loro storie,
Nella pace di un verde ancoraggio;
Flight e *Phyllis*,
Tornate dalle Grenadine,
Nomi iscritti, in questo giorno di festa,
Nel registro della capitaneria;
I loro nomi di battesimo,
Le liquide lettere del mare,
Repos donnez à cils...
E i loro carichi smaglianti

Of charcoal and oranges;
Quiet, the fury of their ropes.
Daybreak is breaking
On the green chrome water,
The white herons of yachts
Are at Sabbath communion,
The histories of schooners
Are murmured in coral,
Their cargoes of sponges
On sandspits of islets,
Barques white as white salt
Of acrid St. Maarten,
Hulls crusted with barnacles,
Holds foul with great turtles,
Whose ship-boys have seen
The blue heave of Leviathan,
A seafaring, Christian,
And intrepid people.

Now an apprentice washes his cheeks
With salt water and sunlight.

In the middle of the harbour
A fish breaks the Sabbath
With a silvery leap.
The scales fall from him
In a tinkle of church bells;
The town streets are orange
With the week-ripened sunlight,
Balanced on the bowsprit
A young sailor is playing
His grandfather's chantey
On a trembling mouth organ;
The music curls, dwindling
Like smoke from blue galleys,
To dissolve near the mountains.
The music uncurls with

Di carbone e arance;
Quieta, la furia delle loro funi.
Albeggia l'alba
Sull'acqua verde cromo,
I bianchi aironi dei panfili
Sono alla comunione domenicale,
Le storie delle golette
Sono mormorate in corallo,
I loro carichi di spugne
Su arenili di isolotti,
Brigantini bianchi come il bianco sale
Dell'acre St. Maarten,
Chiglie incrostate di cirripedi,
Stive appestate da grandi tartarughe,
I cui mozzi hanno visto
L'ansimare blu del Leviatano,
Gente di mare,
Cristiana e intrepida.

Ora un apprendista si lava le guance
Con acqua salata e luce di sole.

In mezzo al porto
Un pesce rompe il giorno di riposo
Con un guizzo argentato.
Le squame gli cadono
In un tintinnio di campane;
Le strade della città sono d'arancio
Per la luce del sole maturata in settimana,
In equilibrio sul bompresso
Un giovane marinaio suona
Il canto di suo nonno
Su una tremante armonica;
La musica ripiega su se stessa, scemando
Come fumo da galee blu,
Per dissolversi vicino alle montagne.
La musica si dispiega con

The soft vowels of inlets,
The christening of vessels,
The titles of portages,
The colours of sea grapes,
The tartness of sea-almonds,
The alphabet of church bells,
The peace of white horses,
The pastures of ports,
The litany of islands,
The rosary of archipelagoes,
Anguilla, Antigua,
Virgin of Guadeloupe,
And stone-white Grenada
Of sunlight and pigeons,
The amen of calm waters,
The amen of calm waters,
The amen of calm waters.

Le morbide vocali delle insenature,
Il battesimo di vascelli,
I documenti di viaggio,
I colori delle uve marine,
L'asprezza dei mandorli marini,
L'alfabeto delle campane,
La pace di bianchi cavalli,
I pascoli dei porti,
La litania delle isole,
Il rosario degli arcipelaghi,
Anguilla, Antigua,
Vergine di Guadeloupe,
E bianca-di-pietra Grenada
Di luce solare e colombi,
L'amen di calme acque,
L'amen di calme acque,
L'amen di calme acque.

IN A GREEN NIGHT

The orange tree, in various light,
Proclaims perfected fables now
That her last season's summer height
Bends from each overburdened bough.

She has her winters and her spring,
Her moult of leaves, which in their fall
Reveal, as with each living thing,
Zones truer than the tropical.

For if by night each golden sun
Burns in a comfortable creed,
By noon harsh fires have begun
To quail those splendours which they feed.

Or mixtures of the dew and dust
That early shone her orbs of brass,
Mottle her splendours with the rust
She sought all summer to surpass.

By such strange, cyclic chemistry
That dooms and glories her at once
As green yet aging orange tree,
The mind enspheres all circumstance.

No Florida loud with citron leaves
With crystal falls to heal this age
Shall calm the darkening fear that grieves
The loss of visionary rage.

IN UNA VERDE NOTTE

La pianta d'arancio, in varia luce,
Proclama perfezionate favole ora
Che il culmine estivo della sua ultima stagione
Si piega da ogni ramo sovraccarico.

Lei ha i suoi inverni e la sua primavera,
La sua muta di foglie, che nel loro autunno
Rivelano, come per ogni cosa vivente,
Zone più vere di quella tropicale.

Poiché se di notte ogni sole dorato
Brucia in un suo credo confortevole,
Nel meriggio aspri fuochi hanno iniziato
A sgomentare quegli splendori che essi nutrono.

O le miscele di rugiada e polvere
Che di buon'ora lucidavano le sue sfere di ottone,
Screziano i suoi splendori con la ruggine
Che per tutta l'estate lei cercava di superare.

Per una così strana, ciclica alchimia
Che la condanna e insieme la glorifica
Come pianta d'arancio verde ma invecchiata,
La mente ingloba ogni circostanza.

Nessuna Florida squillante di foglie di cedro
Con cascate di cristallo a guarire questa età
Saprà calmare l'oscurante paura che affligge
La perdita della rabbia visionaria.

Or if Time's fires seem to blight
The nature ripening into art,
Not the fierce noon or lampless night
Can quail the comprehending heart.

The orange tree, in various light,
Proclaims that fable perfect now
That her last season's summer height
Bends from each overburdened bough.

O se i fuochi del Tempo sembrano appassire
La natura che sboccia in arte,
Né il meriggio feroce né la notte senza lume
Possono sgomentare il cuore consapevole.

La pianta d'arancio, in varia luce,
Proclama quella favola perfetta ora
Che il culmine estivo della sua ultima stagione
Si piega da ogni ramo sovraccarico.

ISLANDS

[for Margaret]

Merely to name them is the prose
Of diarists, to make you a name
For readers who like travellers praise
Their beds and beaches as the same;
But islands can only exist
If we have loved in them. I seek,
As climate seeks its style, to write
Verse crisp as sand, clear as sunlight,
Cold as the curled wave, ordinary
As a tumbler of island water;
Yet, like a diarist, thereafter
I savour their salt-haunted rooms
(Your body stirring the creased sea
Of crumpled sheets), whose mirrors lose
Our huddled, sleeping images,
Like words which love had hoped to use
Erased with the surf's pages.

So, like a diarist in sand,
I mark the peace with which you graced
Particular islands, descending
A narrow stair to light the lamps
Against the night surf's noises, shielding
A leaping mantle with one hand,
Or simply scaling fish for supper,
Onions, jack-fish, bread, red snapper;

ISOLE

[per Margaret]

Nominarle soltanto è la prosa
Dei diaristi, ridurre voi a un nome
Per lettori che come viaggiatori lodano
I loro letti e lidi come una stessa cosa;
Ma le isole possono esistere
Solo se in esse abbiamo amato. Io cerco,
Al modo che il clima cerca il suo stile, di scrivere
Versi asciutti come sabbia, chiari come luce
solare,
Freddi come l'onda increspata, quotidiani
Come un bicchiere d'acqua isolana;
Ma poi, come un diarista,
Io assaporo le loro stanze, abitate da fantasmi
di sale,
(Il vostro corpo che smuove lo spiegazzato mare
Di lenzuola gualcite), i cui specchi smarriscono
Le nostre addormentate, rannicchiate immagini,
Come parole che l'amore aveva sperato di usare
Cancellate con le pagine della risacca.

Dunque, come un diarista nella sabbia,
Io segno la pace che avete dato in grazia
A isole particolari, scendendo
Una scala angusta per accendere le lampade
Contro i rumori della risacca notturna,
difendendo
Con una mano un mantello fluttuante,
O semplicemente pulendo il pesce per la cena,
Cipolle, luccio, pane, rossi pesci ballerini;

And on each kiss the harsh sea-taste,
And how by moonlight you were made
To study most the surf's unyielding
Patience though it seems a waste.

E su ogni bacio il gusto aspro del mare,
E come voi foste create nel chiarore lunare
Per studiare più di ogni cosa l'indomabile
Pazienza della risacca benché sembri uno spreco.

THE CASTAWAY

The starved eye devours the seascape
for the morsel
Of a sail.

The horizon threads it infinitely.

Action breeds frenzy. I lie,
Sailing the ribbed shadow of a palm,
Afraid lest my own footprints multiply.

Blowing sand, thin as smoke,
Bored, shifts its dunes.
The surf tires of its castles like a child.

The salt green vine with yellow trumpet-flower,
A net, inches across nothing.
Nothing: the rage with which the sandfly's head
is filled.

Pleasures of an old man:
Morning: contemplative evacuation, considering
The dried leaf, nature's plan.

In the sun, the dog's feces
Crusts, whitens like coral.
We end in earth, from earth began.
In our own entrails, genesis.

If I listen I can hear the polyp build,
The silence thwanged by two waves of the sea.
Cracking a sea-louse, I make thunder split.

IL NAUFRAGO

L'occhio affamato divora la marina per un tozzo
Di vela.

L'orizzonte la percorre all'infinito.

L'azione nutre la frenesia. Io giaccio,
Veleggiando l'ombra nervata di una palma,
Temendo il moltiplicarsi delle mie impronte.

Sabbia che vola, esile come fumo,
Annoiata, sposta le sue dune.
La risacca si stanca dei suoi castelli come
un bambino.

La verde vite salata con gialle bignonie,
Una rete, attraversa lenta il nulla.
Nulla: la rabbia di cui è piena la testa
del flebotomo.

Piaceri di un vecchio:
Mattino: contemplativa evacuazione, rimirando
La foglia secca, progetto di natura.

Al sole, le feci del cane
S'incrostano, sbiancano come corallo.
Finiamo nella terra, dalla terra siamo cominciati.
Nelle nostre viscere, genesi.

Se ascolto posso udire il polipo al lavoro,
Il silenzio infranto da due onde del mare.
Schiacciando un pidocchio marino, faccio
schiantare il tuono.

Godlike, annihilating godhead, art
And self, I abandon
Dead metaphors: the almond's leaf-like heart,

The ripe brain rotting like a yellow nut
Hatching
Its babel of sea-lice, sandfly, and maggot,

That green wine bottle's gospel choked with sand,
Labelled, a wrecked ship,
Clenched sea-wood nailed and white as a man's hand.

Come un dio, annullando la divinità, l'arte
E l'Io, abbandono
Morte metafore: il cuore simile a foglia
di mandorlo,

Il cervello maturo che marcisce come una noce
gialla
Covando
La sua babele di pidocchi marini, flebotomi
e bruchi,

Quel vangelo della bottiglia verde, soffocato
di sabbia,
Con l'etichetta, una nave affondata,
Serrati legni marini inchiodati e bianchi come
la mano di un uomo.

MISSING THE SEA

Something removed roars in the ears
of this house,
Hangs its drapes windless, stuns mirrors
Till reflections lack substance.

Some sound like the gnashing of windmills
ground
To a dead halt;
A deafening absence, a blow.

It hoops this valley, weighs this mountain,
Estranges gesture, pushes this pencil
Through a thick nothing now,

Freights cupboards with silence, folds sour
laundry
Like the clothes of the dead left exactly
As the dead behaved by the beloved,

Incredulous, expecting occupancy.

NOSTALGIA DEL MARE

Qualcosa di rimosso rimbomba nelle orecchie
a questa casa,
Fa pendere le tende senza vento, tramortisce
gli specchi
Finché i riflessi perdono sostanza.

Un certo suono pari al digrignare di mulini
a vento
Si è fermato di colpo;
Un'assenza assordante, una mazzata.

Accerchia questa valle, pesa su questo monte,
Estrania il gesto, spinge questo lapis
Attraverso un fitto nulla, ora,

Carica di silenzio le dispense, piega il bucato
acido
Come i panni dei morti, lasciati esattamente
Dai congiunti come usavano i morti,

Increduli, aspettando occupazione.

THE GLORY TRUMPETER

Old Eddie's face, wrinkled with river lights,
Looked like a Mississippi man's. The eyes,
Derisive and avuncular at once,
Swivelling, fixed me. They'd seen
Too many wakes, too many cathouse nights.
The bony, idle fingers on the valves
Of his knee-cradled horn could tear
Through « Georgia on My Mind » or « Jesus
Saves »
With the same fury of indifference
If what propelled such frenzy was despair.

Now, as the eyes sealed in the ashen flesh,
And Eddie, like a deacon at his prayer,
Rose, tilting the bright horn, I saw a flash
Of gulls and pigeons from the dunes of coal
Near my grandmother's barracks
on the wharves,
I saw the sallow faces of those men
Who sighed as if they spoke into their graves
About the Negro in America. That was when
The Sunday comics, sprawled out on her floor,
Sent from the States, had a particular odour;
Dry smell of money mingled with man's sweat.

LA GLORIOSA TROMBA

Il viso di Old Eddie, rugoso di luci di fiume,
Faceva pensare a uno del Mississippi. Gli occhi,
Irridenti e insieme benevoli come quelli
di uno zio,
Roteanti, mi fissarono. Avevano visto
Troppe veglie, troppe notti al bordello.
Le ossute dita oziose sui pistoni
Della cornetta cullata dal ginocchio potevano
impazzare
Sull'aria di *Georgia on My Mind* o *Jesus Saves*
Con lo stesso furore di indifferenza
Se a scatenare tanta frenesia era la disperazione.

Ora, mentre gli occhi si sigillavano nella carne
cinerea,
E Eddie, come un diacono in preghiera,
Si alzava inclinando la cornetta lucida, vidi
un guizzo
Di gabbiani e colombi dalle dune di carbone
Vicino alla baracca di mia nonna, là sul porto,
Vidi le facce smunte di quegli uomini
Che sospiravano come se parlassero
alle loro tombe
Del negro in America. Era il tempo in cui
I fumetti della domenica, sparsi per terra in casa
di lei,
Inviati dagli States, avevano un odore
inconfondibile;
Secco olezzo di soldi mescolato a sudore umano.

And yet, if Eddie's features held our fate,
Secure in childhood I did not know then
A jesus-ragtime or gut-bucket blues
To the bowed heads of lean, compliant men
Back from the States in their funereal serge,
Black, rusty homburgs and limp waiters' ties,
Slow, honey accents and lard-coloured eyes,
Was Joshua's ram's horn wailing for the Jews
Of patient bitterness or bitter siege.

Now it was that, as Eddie turned his back
On our young crowd out fêting, swilling liquor,
And blew, eyes closed, one foot up, out to sea,
His horn aimed at those cities of the Gulf,
Mobile and Galveston, and sweetly meted
Their horn of plenty through his bitter cup,
In lonely exaltation blaming me
For all whom race and exile have defeated,
For my own uncle in America,
That living there I never could look up.

Eppure, se i lineamenti di Eddie contenevano
il nostro destino,
Io allora, nella sicurezza dell'infanzia, non sapevo
Che un *jesus-ragtime* o un *gut-bucket blues*
Rivolto alle teste chine di uomini sparuti
e arrendevoli
Tornati dagli States nei loro funerei abiti di
serge,
Neri cappelli lisi e malconce cravatte
da camerieri,
Lenti accenti di miele e occhi color lardo,
Era il corno d'ariete di Giosuè che per gli Ebrei
gemeva
Di paziente amarezza o amaro assedio.

Ora avvenne che, mentre Eddie voltava
la schiena
Alla nostra giovane turba intenta a festeggiare,
a bere alcol,
E soffiava, a occhi chiusi, un piede sollevato,
verso il mare,
La sua cornetta mirava a quelle città del Golfo,
Mobile e Galveston, e dolcemente dispensava
La loro cornucopia attraverso il suo amaro calice,
In solitaria esaltazione, facendomi colpevole
Per tutti quelli che la razza e l'esilio hanno
sconfitto,
Per il mio zio d'America,
Perché, vivendo là, io non potevo mai alzare
gli occhi.

CRUSOE'S ISLAND

I

The chapel's cowbell
Like God's anvil
Hammers ocean to a blinding shield;
Fired, the sea grapes slowly yield
Bronze plates to the metallic heat.

Red, corrugated-iron
Roofs roar in the sun.
The wiry, ribbed air
Above earth's open kiln
Writhes like a child's vision
Of hell, but nearer, nearer.

Below, the picnic plaid
Of Scarborough is spread
To a blue, perfect sky,
Dome of our hedonist philosophy.
Bethel and Canaan's heart
Lies open like a psalm.
I labour at my art.
My father, God, is dead.

Past thirty now I know
To love the self is dread
Of being swallowed by the blue
Of heaven overhead
Or rougher blue below.
Some lesion of the brain
From art or alcohol

L'ISOLA DI CRUSOE

I

Il campanaccio della cappella
Come l'incudine di Dio
Martella l'oceano sino a farne uno scudo
accecante;
Incendiate, le uve di mare lentamente cedono
Piatti di bronzo alla calura metallica.

Tetti rossi, di ferro corrugato,
Ruggiscono nel sole.
Sulla fornace aperta della terra
L'aria vibrante, nervata
Si torce come una visione infantile
Dell'inferno, ma più vicino, più vicino.

Sotto, la coperta di Scarborough
Per il picnic è stesa
A un cielo blu, perfetto,
Cupola della nostra filosofia edonista.
Il cuore di Bethel e Canaan
Giace aperto come un salmo.
Con fatica lavoro alla mia arte.
Mio padre, Dio, è morto.

Passata la trentina, ora so
Che amare l'Io è terrore
Di essere inghiottiti dal blu
Del cielo sopra di noi
O dal più aspro blu sotto di noi.
Alcune lesioni del cervello
Portate dall'arte o dall'alcol

Flashes this fear by day:
As startling as his shadow
Grows to the castaway.

Upon this rock the bearded hermit built
His Eden:
Goats, corn crop, fort, parasol, garden,
Bible for Sabbath, all the joys
But one
Which sent him howling for a human voice.
Exiled by a flaming sun
The rotting nut, bowled in the surf,
Became his own brain rotting from the guilt
Of heaven without his kind,
Crazed by such paradisal calm
The spinal shadow of a palm
Built keel and gunwale in his mind.

The second Adam since the fall,
His germinal
Corruption held the seed
Of that congenital heresy that men fail
According to their creed.
Craftsman and castaway,
All heaven in his head,
He watched his shadow pray
Not for God's love but human love instead.

II

We came here for the cure
Of quiet in the whelk's centre,
From the fierce, sudden quarrel,
From kitchens where the mind,

Balenano questa paura ogni giorno:
Così sconcertante come per il naufrago
Il crescere della sua ombra.

Su questa roccia il barbuto eremita costruì
Il suo Eden:
Capre, messe di grano, fortino, parasole, orto,
Bibbia per la domenica, tutte le gioie
Tranne una
Che lo faceva ululare per una voce umana.
Esiliata da un sole fiammeggiante
La noce putrefatta, rotolata nella spuma,
Divenne il suo stesso cervello che marciva
per la colpa
Di un paradiso senza la sua specie,
Resa pazza da una calma così celeste
L'ombra spinale di una palma
Gli costruiva chiglia e parapetto nella mente.

Secondo Adamo dal giorno della caduta,
La sua germinale
Corruzione aveva in sé il seme
Di quella congenita eresia per cui gli uomini
falliscono
Secondo il loro credo.
Artigiano e naufrago,
Tutto il paradiso nella testa,
Guardava la sua ombra pregare
Non per amore di Dio ma amore umano invece.

II

Venimmo qui per la cura
Della quiete nel centro del buccino,
Dalla improvvisa lite furibonda,
Da cucine in cui la mente,

Like bread, disintegrates in water,
To let a salt sun scour
The brain as harsh as coral,
To bathe like stones in wind,
To be, like beast or natural object, pure.

That fabled, occupational
Compassion, supposedly inherited with the gift
Of poetry, had fed
With a rat's thrift on faith, shifted
Its trust to corners, hoarded
Its mania like bread,
Its brain a white, nocturnal bloom
That in a drunken, moonlit room
Saw my son's head
Swaddled in sheets
Like a lopped nut, lolling in foam.

O love, we die alone!
I am borne by the bell
Backward to boyhood
To the grey wood
Spire, harvest and marigold,
To those whom a cruel
Just God could gather
To His blue breast, His beard
A folding cloud,
As He gathered my father.
Irresolute and proud,
I can never go back.

I have lost sight of hell,
Of heaven, of human will,
My skill

Come pane, si disintegra in acqua,
Per lasciare che un sole salato raschiasse
Il cervello fino a inasprirlo come corallo,
Per bagnarci come pietre al vento,
Per essere, come bestia o oggetto naturale, puri.

Quella leggendaria, professionale
Compassione, presumibilmente ereditata
con il dono
Della poesia, si era nutrita
Di fede con la parsimonia di un ratto, aveva
trasferito
La sua fiducia agli angoli, accumulato
La sua mania come fosse pane,
Il suo cervello un bianco fiore notturno
Che in una stanza ubriaca, illuminata dalla luna,
Vedeva la testa di mio figlio
Fasciata in lenzuoli
Come una noce spiccata che si culla nella schiuma.

O amore, noi moriamo soli!
La campana mi porta
Indietro alla fanciullezza
Alla grigia guglia
Di legno, mietitura e calendula,
A coloro che un crudele
Giusto Dio poté accogliere
Sul petto blu, la Sua barba
Una nuvola avvolgente,
Come accolse mio padre.
Irrisoluto e fiero,
Non potrò più tornare indietro.

Ho perduto di vista l'inferno,
Il paradiso, il volere umano,
Il mio talento

Is not enough,
I am struck by this bell
To the root.
Crazed by a racking sun,
I stand at my life's noon,
On parched, delirious sand
My shadow lengthens.

III

Art is profane and pagan,
The most it has revealed
Is what a crippled Vulcan
Beat on Achilles' shield.
By these blue, changing graves
Fanned by the furnace blast
Of heaven, may the mind
Catch fire till it cleaves
Its mould of clay at last.

Now Friday's progeny,
The brood of Crusoe's slave,
Black little girls in pink
Organdy, crinolines,
Walk in their air of glory
Beside a breaking wave;
Below their feet the surf
Hisses like tambourines.

At dusk, when they return
For vespers, every dress
Touched by the sun will burn
A seraph's, an angel's,
And nothing I can learn
From art or loneliness
Can bless them as the bell's
Transfiguring tongue can bless.

Non è sufficiente,
Sono colpito da questa campana
Fin nelle radici.
Reso pazzo da un sole torturante,
Sto nel meriggio della vita,
Sopra sabbia riarsa e delirante
La mia ombra si allunga.

III

L'arte è profana e pagana,
Il massimo che abbia rivelato
È ciò che uno storpio Vulcano
Batté sullo scudo di Achille.
Per queste mutevoli tombe blu
Percosse dall'alito della fornace
Del cielo, possa la mente
Prendere fuoco tanto da spaccare
Il suo stampo d'argilla, finalmente.

Ora la progenie di Venerdì,
La prole dello schiavo di Crusoe,
Piccole ragazze nere in crinoline
E organdi rosa,
Camminano nella loro aria di gloria
Vicino a un'onda che si frange;
Sotto i loro piedi la risacca
Sibila come tamburelli.

Al crepuscolo, quando fan ritorno
Per i vespri, ogni vestito
Toccato dal sole brucerà
Quello di un serafino, di un angelo,
E niente che io possa imparare
Dall'arte o dalla solitudine
Le può benedire come la campana
Con la sua lingua trasfigurante può benedire.

CODICIL

Schizophrenic, wrenched by two styles,
one a hack's hired prose, I earn
my exile. I trudge this sickle, moonlit beach
for miles,

tan, burn
to slough off
this love of ocean that's self-love.

To change your language you must change
your life.

I cannot right old wrongs.
Waves tire of horizon and return.
Gulls screech with rusty tongues

above the beached, rotting pirogues,
they were a venomous beaked cloud
at Charlotteville.

Once I thought love of country was enough,
now, even if I chose, there's no room
at the trough.

I watch the best minds root like dogs
for scraps of favour.
I am nearing middle

age, burnt skin
peels from my hand like paper, onion-thin,
like Peer Gynt's riddle.

CODICILLO

Schizofrenico, conteso da due stili,
uno la prosa di un pennivendolo, mi guadagno
l'esilio. Arranco per miglia su questa falce
di spiaggia illuminata dalla luna,

mi abbronzo, brucio
per spogliarmi
di questo amore per l'oceano che è amore di sé.

Per cambiar lingua devi cambiar vita.

Non posso riparare vecchi torti.
Le onde si stancano dell'orizzonte e tornano.
Gabbiani stridono con rauche lingue

sopra le marce piroghe in secca,
erano una nube dal becco velenoso
a Charlotteville.

Un tempo pensavo che bastasse l'amore
per il proprio paese,
ora, anche a scegliere, non c'è posto al trogolo.

Guardo le menti migliori frugare come cani
in cerca di avanzi di favore.
Mi avvicino alla mezza

età, pelle bruciata
si squama dalla mano come carta, o velo
di cipolla,
come l'enigma di Peer Gynt.

At heart there's nothing, not the dread
of death. I know too many dead.
They're all familiar, all in character,

even how they died. On fire,
the flesh no longer fears that furnace mouth
of earth,

that kiln or ashpit of the sun,
nor this clouding, unclouding sickle moon
whitening this beach again like a blank page.

All its indifference is a different rage.

Nel cuore non c'è nulla, nemmeno la paura
della morte. Conosco troppi morti.
Sono tutti familiari, tutti in carattere,

persino nel morire. Sul fuoco
la carne non teme più quella rovente bocca
della terra,

quella fornace del sole o il suo deposito di cenere,
né questa falce di luna che si annuvola e snuvola,
che di nuovo imbianca questa spiaggia
come una pagina vuota.

Tutta la sua indifferenza è una rabbia differente.

BLUES

Those five or six young guys
hunched on the stoop
that oven-hot summer night
whistled me over. Nice
and friendly. So, I stop.
MacDougal or Christopher
Street in chains of light.

A summer festival. Or some
saint's. I wasn't too far from
home, but not too bright
for a nigger, and not too dark.
I figured we were all
one, wop, nigger, jew,
besides, this wasn't Central Park.
I'm coming on too strong? You figure
right! They beat this yellow nigger
black and blue.

Yeah. During all this, scared
in case one used a knife,
I hung my olive-green, just-bought
sports coat on a fire plug.
I did nothing. They fought
each other, really. Life
gives them a few kicks,
that's all. The spades, the spicks.

My face smashed in, my bloody mug
pouring, my olive-branch jacket saved
from cuts and tears,
I crawled four flights upstairs.

BLUES

Quei cinque o sei ragazzi
acquattati sulla veranda
in quella arroventata notte estiva
mi fischiarono addosso. Cordialmente.
Così mi fermo.
MacDougal o Christopher
Street in catene di luce.

Una festa d'estate. O qualche
santo. Non ero troppo lontano
da casa, ma non troppo chiaro
per un negro, e nemmeno troppo scuro.
M'immaginavo che fossimo tutti
una cosa sola, latino, negro, ebreo,
e poi non eravamo in Central Park.
Ho il passo un po' pesante? Indovinato!
E questo negro giallo lo picchiarono
fino a farlo blu e nero.

Già. Durante tutto questo, per paura
che uno usasse un coltello,
appesi a un idrante la mia giacca sportiva,
appena comperata, verde oliva.
Non feci niente. Quelli si battevano
l'uno con l'altro, in fondo. Perché la vita
concede loro poche emozioni,
ecco tutto. Ai negri, agli ispani.

La faccia fracassata, sanguinante
il mio lurido muso, la mia giacca – ramoscello
d'olivo – messa in salvo da tagli e da lacrime,
mi trascinai su per quattro rampe.

Sprawled in the gutter, I
remember a few watchers waved
loudly, and one kid's mother shouting
like « Jackie » or « Terry, »
« now that's enough! ».
It's nothing really.
They don't get enough love.

You know they wouldn't kill
you. Just playing rough,
like young America will.
Still, it taught me something
about love. If it's so tough,
forget it.

Riverso nello scolo, mi ricordo
di alcuni che guardavano e gestivano
a gran voce, e una madre che gridava
più o meno « Jackie » o « Terry, »
« adesso basta! ».
In fondo non è niente.
Ragazzi a cui manca un po' d'amore.

Tu sai che non volevano ammazzarti.
Solo gioco pesante,
come vuole la giovane America.
Eppure, mi ha insegnato qualche cosa
sull'amore. Se è così brutale,
non parliamone.

AIR

There has been romance, but it has been the romance of pirates and outlaws. The natural graces of life do not show themselves under such conditions. There are no people there in the true sense of the word, with a character and purpose of their own.

FROUDE, *The Bow of Ulysses*

The unheard, omnivorous
jaws of this rain forest
not merely devour all
but allow nothing vain;
they never rest,
grinding their disavowal
of human pain.

Long, long before us,
those hot jaws, like an oven
steaming, were open
to genocide; they devoured
two minor yellow races, and
half of a black;
in the Word made flesh of God
all entered that gross un-
discriminating stomach;

the forest is unconverted,
because that shell-like noise
which roars like silence, or
ocean's surpliced choirs
entering its nave, to a censer
of swung mist, is not

ARIA

> Vi è stato un alone romanzesco, ma è stato quello dei pirati e dei fuorilegge. Le naturali grazie della vita non si mostrano in simili condizioni. Là non vi sono persone nel vero senso della parola, con un carattere proprio e un proprio scopo.
>
> FROUDE, *L'arco di Ulisse*

Le inascoltate, onnivore
fauci di questa foresta pluviale
non solo divorano tutto
ma non ammettono nulla di vano;
non si placano mai,
macinando il loro ripudio
della sofferenza umana.

Molto, molto prima di noi
quelle torride fauci, come un forno
fumigante, erano aperte
al genocidio; divorarono
due piccole razze gialle
e metà di una nera;
nella Parola fatta carne di Dio
tutti entrarono in quell'immane stomaco che non
fa distinzioni;

la foresta non si è convertita,
perché quel rumore di conchiglia
che romba come il silenzio, o come
i cori dell'oceano, vestiti di cotta,
che accedono alla sua navata, a un incensiere
che diffonde nebbia, non è

the rustling of prayer
but nothing; milling air,
a faith, infested, cannibal,
which eats gods, which devoured
the god-refusing Carib, petal
by golden petal, then forgot,
and the Arawak
who leaves not the lightest fern-trace
of his fossil to be cultured
by black rock,

but only the rusting cries
of a rainbird, like a hoarse
warrior summoning his race
from vaporous air
between this mountain ridge
and the vague sea
where the lost exodus
of corials sunk without trace –

there is too much nothing here.

un fruscio di preghiera
ma nulla: aria mulinante,
una fede, infestata, cannibale,
che mangia gli dèi, che divorò
il Caribe ostile a ogni dio, un petalo
d'oro dopo l'altro, poi ha dimenticato,
e l'Aruaco
che del suo fossile non lascia
la traccia più lieve, una felce, da coltivare
nella roccia nera,

ma solo i gridi rugginosi
di un cuculo, simile a un rauco
guerriero che aduna la sua razza
dall'aria vaporante
tra questa dorsale di monti
e il vago mare
in cui l'esodo perso
delle canoe affondò senza traccia –

c'è troppo nulla qui.

STAR

If, in the light of things, you fade
real, yet wanly withdrawn
to our determined and appropriate
distance, like the moon left on
all night among the leaves, may
you invisibly delight this house;
O star, doubly compassionate, who came
too soon for twilight, too late
for dawn, may your pale flame
direct the worst in us
through chaos
with the passion of
plain day.

STELLA

Se, alla luce delle cose, tu scolori
vera, eppure debolmente sottratta
alla nostra determinata e giusta
distanza, come la luna lasciata accesa
tutta la notte tra le foglie, possa
tu invisibilmente allietare questa casa;
o stella, doppiamente compassionevole, venuta
troppo presto per il crepuscolo, troppo tardi
per l'alba, possa la tua pallida fiamma
dirigere il peggio in noi
attraverso il caos
con la passione del
semplice giorno.

THE WALK

After hard rain the eaves repeat their beads,
those trees exhale your doubt like mantled
tapers,
drop after drop, like a child's abacus
beads of cold sweat file from high-tension wires,

pray for us, pray for this house, borrow
your neighbour's
faith, pray for this brain that tires,
and loses faith in the great books it reads;
after a day spent prone, hemorrhaging poems,

each phrase peeled from the flesh in bandages,
arise, stroll on under a sky
sodden as kitchen laundry,

while the cats yawn behind their window frames,
lions in cages of their choice,
no further, though, than your last neighbour's
gates
figured with pearl. How terrible is your own

fidelity, O heart, O rose of iron!
When was your work more like a housemaid's
novel,
some drenched soap opera which gets
closer than yours to life? Only the pain,

LA PASSEGGIATA

Dopo violenta pioggia le grondaie sgranano
il loro rosario,
quegli alberi esalano il tuo dubbio come ceri
ammantati,
goccia su goccia, come il pallottoliere
di un bambino
grani di sudore freddo sfilano da cavi
ad alta tensione,

prega per noi, prega per questa casa, prendi
in prestito la fede
del vicino, prega per questo cervello che si stanca
e perde la sua fede nei gran libri che legge;
dopo un giorno passato a capo chino,
sanguinando poesie,

ogni frase estratta dalla carne avvolta in bende,
àlzati, va' a passeggio sotto un cielo
fradicio come bucato in cucina,

mentre i gatti sbadigliano dietro le loro finestre,
leoni in gabbie che hanno scelto loro,
e non oltre, però, il cancello dell'ultimo vicino,
decorato di perla. Com'è atroce questa tua

fedeltà, o cuore, o rosa di ferro!
Quando mai il tuo lavoro fu più simile
a un romanzo per serve,
a una intrisa *soap opera* che si avvicina
più di te alla vita? Solo il dolore,

the pain is real. Here's your life's end,
a clump of bamboos whose clenched
fist loosens its flowers, a track
that hisses through the rain-drenched

grove: abandon all, the work,
the pain of a short life. Startled, you move;
your house, a lion rising, paws you back.

il dolore è vero. Ecco la fine della tua vita,
una macchia di bambù il cui pugno
chiuso allenta i suoi fiori, una pista
che sibila attraverso il boschetto intriso

di pioggia: abbandona ogni cosa, il lavoro,
la pena di una vita breve. Sgomento, ti avvii;
la tua casa, un leone che si alza, ti riafferra.

VOLCANO

Joyce was afraid of thunder,
but lions roared at his funeral
from the Zurich zoo.
Was it Zurich or Trieste?
No matter. These are legends, as much
as the death of Joyce is a legend,
or the strong rumour that Conrad
is dead, and that *Victory* is ironic.
On the edge of the night-horizon
from this beach house on the cliffs
there are now, till dawn,
two glares from the miles-out-
at-sea derricks; they are like
the glow of the cigar
and the glow of the volcano
at *Victory's* end.
One could abandon writing
for the slow-burning signals
of the great, to be, instead,
their ideal reader, ruminative,
voracious, making the love of masterpieces
superior to attempting
to repeat or outdo them,
and be the greatest reader in the world.
At least it requires awe,
which has been lost to our time;
so many people have seen everything,
so many people can predict,
so many refuse to enter the silence
of victory, the indolence
that burns at the core,
so many are no more than

VULCANO

Joyce aveva paura del tuono,
ma al suo funerale i leoni ruggirono
dallo zoo di Zurigo.
Fu a Zurigo o a Trieste?
Non importa. Sono leggende, queste, così come
è una leggenda la morte di Joyce
o la voce insistente che Conrad
è morto e che *Victory* è pieno d'ironia.
Al limite dell'orizzonte notturno
da questa casa sopra la scogliera
si vedono ora, fino all'alba,
due vampe dalle torri del petrolio
lontane in mezzo al mare; sono come
il bagliore del sigaro
e il bagliore del vulcano
alla fine di *Victory*.
Si potrebbe anche smettere di scrivere
per seguire i segnali dei grandi – un lento
fuoco – e diventare, invece,
il loro lettore ideale, ruminante,
vorace, che antepone l'amore
per i capolavori al tentativo
di ripeterli oppure superarli,
e diventare il più grande lettore al mondo.
Questo richiede almeno quel timore
sacro che il nostro tempo ha perduto;
tanti hanno visto tutto,
tanti sono capaci di predire,
tanti rifiutano di entrare nel silenzio
della vittoria, nell'indolenza
che brucia nel profondo,
tanti non sono nulla più che cenere

erect ash, like the cigar,
so many take thunder for granted.
How common is the lightning,
how lost the leviathans
we no longer look for!
There were giants in those days.
In those days they made good cigars.
I must read more carefully.

eretta, come il sigaro,
tanti danno il tuono per scontato.
Com'è comune il fulmine,
come sono perduti i leviatani
che noi da tempo non cerchiamo più!
In quei giorni esistevano giganti.
Facevano in quei giorni buoni sigari.
Devo leggere più attentamente.

ENDINGS

Things do not explode,
they fail, they fade,

as sunlight fades from the flesh,
as the foam drains quick in the sand,

even love's lightning flash
has no thunderous end,

it dies with the sound
of flowers fading like the flesh

from sweating pumice stone,
everything shapes this

till we are left
with the silence that surrounds Beethoven's
head.

EPILOGHI

Le cose non esplodono:
vengon meno, sbiadiscono,

come il sole sbiadisce dalla carne,
come la schiuma esala nella sabbia,

anche il fulmineo lampo dell'amore
non ha un epilogo tonante,

muore invece con un suono di fiori
che sbiadiscono come fa la carne

sotto la pietra pomice sudante,
tutto concorre a dare questa forma

finché restiamo soli col silenzio
che circonda la testa di Beethoven.

THE FIST

The fist clenched round my heart
loosens a little, and I gasp
brightness; but it tightens
again. When have I ever not loved
the pain of love? But this has moved

past love to mania. This has the strong
clench of the madman, this is
gripping the ledge of unreason, before
plunging howling into the abyss.

Hold hard then, heart. This way at least you live.

IL PUGNO

Il pugno stretto intorno al mio cuore
si allenta un poco, e io respiro ansioso
luce; ma già preme
di nuovo. Quando mai non ho amato
la pena d'amore? Ma questa si è spinta

oltre l'amore fino alla mania. Questa
ha la forte stretta del demente, questa
si aggrappa alla cornice della non-ragione, prima
di sprofondare urlando nell'abisso.

Tieni duro allora, cuore. Così almeno vivi.

LOVE AFTER LOVE

The time will come
when, with elation,
you will greet yourself arriving
at your own door, in your own mirror,
and each will smile at the other's welcome,

and say, sit here. Eat.
You will love again the stranger who was
your self.
Give wine. Give bread. Give back your heart
to itself, to the stranger who has loved you

all your life, whom you ignored
for another, who knows you by heart.
Take down the love letters from the bookshelf,

the photographs, the desperate notes,
peel your own image from the mirror.
Sit. Feast on your life.

AMORE DOPO AMORE

Tempo verrà
in cui, con esultanza,
saluterai te stesso arrivato
alla tua porta, nel tuo proprio specchio,
e ognuno sorriderà al benvenuto dell'altro,

e dirà: Siedi qui. Mangia.
Amerai di nuovo lo straniero che era il tuo Io.
Offri vino. Offri pane. Rendi il cuore
a se stesso, allo straniero che ti ha amato

per tutta la tua vita, che hai ignorato
per un altro e che ti sa a memoria.
Dallo scaffale tira giù le lettere d'amore,

le fotografie, le note disperate,
sbuccia via dallo specchio la tua immagine.
Siediti. È festa: la tua vita è in tavola.

DARK AUGUST

So much rain, so much life like the swollen sky
of this black August. My sister, the sun,
broods in her yellow room and won't come out.

Everything goes to hell; the mountains fume
like a kettle, rivers overrun; still,
she will not rise and turn off the rain.

She's in her room, fondling old things,
my poems, turning her album. Even if
thunder falls
like a crash of plates from the sky,

she does not come out.
Don't you know I love you but am hopeless
at fixing the rain? But I am learning slowly

to love the dark days, the steaming hills,
the air with gossiping mosquitoes,
and to sip the medicine of bitterness,

so that when you emerge, my sister,
parting the beads of the rain,
with your forehead of flowers and eyes
of forgiveness,

all will not be as it was, but it will be true
(you see they will not let me love
as I want), because, my sister, then

I would have learnt to love black days like
bright ones,
the black rain, the white hills, when once
I loved only my happiness and you.

CUPO AGOSTO

Tanta pioggia, tanta vita come il cielo gonfio
di questo nero agosto. Mia sorella, la luce del sole,
sta assorta nella sua stanza gialla e non esce.

Tutto va all'inferno; i monti fumano
come una caldaia, straripano i fiumi; eppure
lei non vuole alzarsi e spegnere la pioggia.

È nella sua stanza, ad accarezzare vecchie cose,
le mie poesie, a sfogliare il suo album. Anche se
il tuono cade
con fragore di piatti giù dal cielo,

lei non esce.
Non sai che io ti amo ma non ho potere
di fermare la pioggia? Però a poco a poco
sto imparando

ad amare i giorni cupi, i colli vaporanti,
l'aria con le zanzare che spettegolano,
e a sorbire la medicina amara,

così che quando, sorella mia, ti affacci,
separando i grani della pioggia,
con la fronte di fiori e occhi di perdono,

tutto non sarà più com'era, ma sarà vero
(vedi che non mi lasciano amare
quanto vorrei), perché, sorella, allora

avrei imparato ad amare i giorni neri come
quelli chiari,
la pioggia nera, i colli bianchi, quando un tempo
amavo solamente la mia felicità e te.

SEA CANES

Half my friends are dead.
I will make you new ones, said earth.
No, give me them back, as they were, instead,
with faults and all, I cried.

Tonight I can snatch their talk
from the faint surf's drone
through the canes, but I cannot walk

on the moonlit leaves of ocean
down that white road alone,
or float with the dreaming motion

of owls leaving earth's load.
O earth, the number of friends you keep
exceeds those left to be loved.

The sea canes by the cliff flash green and silver;
they were the seraph lances of my faith,
but out of what is lost grows something stronger

that has the rational radiance of stone,
enduring moonlight, further than despair,
strong as the wind, that through dividing canes

brings those we love before us, as they were,
with faults and all, not nobler, just there.

CANNE MARINE

Metà dei miei amici sono morti.
Di nuovi te ne do, disse la terra.
No, ridammeli invece come erano,
con i difetti e tutto, io gridai.

Stanotte posso coglierne i discorsi
nel flebile brusio della risacca
tra le canne, ma non so camminare

sulle lunari foglie dell'oceano
per quella strada bianca, solitario,
o galleggiare col moto sognante

di gufi senza il peso della terra.
Gli amici che trattieni, o terra, sono
più di quelli rimasti da amare.

Le canne presso la scogliera balenano di verde
e d'argento;
erano esse le lance serafiche della mia fede,
ma da ciò che si è perso qualche cosa cresce
più forte

che irradia il razionale fulgore della pietra,
tenace luce di luna, ben oltre la disperazione,
forte come il vento che in un varco tra le canne

porta davanti a noi quelli che amiamo,
come erano,
con i difetti e tutto: non più nobili, ma lì.

MIDSUMMER, TOBAGO

Broad sun-stoned beaches.

White heat.
A green river.

A bridge,
scorched yellow palms

from the summer-sleeping house
drowsing through August.

Days I have held,
days I have lost,

days that outgrow, like daughters,
my harbouring arms.

MEZZA ESTATE, TOBAGO

Larghe spiagge lastricate dal sole.

Calore bianco.
Una fiumana verde.

Un ponte,
gialle palme bruciacchiate

giù dalla casa in letargo estivo
appisolata per tutto l'agosto.

Giorni che ho stretto,
giorni che ho perduto,

giorni che sono troppo grandi, ormai, come figlie,
per rifugiarsi nel porto delle mie braccia.

WINDING UP

I live on the water,
alone. Without wife and children.
I have circled every possibility
to come to this:

a low house by grey water,
with windows always open
to the stale sea. We do not choose such things,

but we are what we have made.
We suffer, the years pass,
we shed freight but not our need

for encumbrances. Love is a stone
that settled on the seabed
under grey water. Now, I require nothing

from poetry but true feeling,
no pity, no fame, no healing. Silent wife,
we can sit watching grey water,

and in a life awash
with mediocrity and trash
live rock-like.

I shall unlearn feeling,
unlearn my gift. That is greater
and harder than what passes there for life.

CONCLUDENDO

Vivo sull'acqua,
solo. Senza moglie né figli.
Ho circumnavigato ogni possibilità
per arrivare a questo:

una piccola casa su acqua grigia,
con le finestre sempre spalancate
al mare stantio. Certe cose non le scegliamo noi,

ma siamo quello che abbiamo fatto.
Soffriamo, gli anni passano, lasciamo
tante cose per via, fuorché il bisogno

di fardelli. L'amore è una pietra
che si è posata sul fondo del mare
sotto acqua grigia. Ora, non chiedo nulla

alla poesia, se non vero sentire:
non pietà, non fama, non sollievo. Tacita sposa,
noi possiamo sederci a guardare acqua grigia,

e in una vita che trabocca
di mediocrità e rifiuti
vivere come rocce.

Scorderò di sentire,
scorderò il mio dono. È più grande e duro,
questo, di ciò che là passa per vita.

THE MORNING MOON

Still haunted by the cycle of the moon
racing full sail
past the crouched whale's back of Morne
Coco Mountain,

I gasp at her sane brightness.

It's early December,
the breeze freshens the skin of this earth,
the goose-skin of water,

and I notice the blue plunge
of shadows down Morne Coco Mountain,
December's sundial,

happy that the earth is still changing,
that the full moon can blind me
with her forehead
this bright foreday morning,

and that fine sprigs of white are springing
from my beard.

LA LUNA MATTUTINA

Stregato ancora dal ciclo della luna
che a vele spiegate corre via
oltre quel dorso di balena acquattata, Morne
Coco Mountain,

guardo attonito al suo sano chiarore.

Dicembre è all'inizio,
la brezza rinfresca la pelle a questa terra,
la pelle d'oca all'acqua,

e io osservo il tuffarsi azzurro
di ombre giù per Morne Coco Mountain,
la meridiana di dicembre,

felice che la terra cambi ancora,
che la luna piena possa accecarmi
con la sua fronte
in questo chiaro mattino prediurno,

e che fini rametti bianchi spuntino
dalla mia barba.

THE SCHOONER « FLIGHT »

1. *Adios, Carenage*

In idle August, while the sea soft,
and leaves of brown islands stick to the rim
of this Caribbean, I blow out the light
by the dreamless face of Maria Concepcion
to ship as a seaman on the schooner *Flight.*
Out in the yard turning grey in the dawn,
I stood like a stone and nothing else move
but the cold sea rippling like galvanize
and the nail holes of stars in the sky roof,
till a wind start to interfere with the trees.
I pass me dry neighbour sweeping the yard
as I went downhill, and I nearly said:
« Sweep soft, you witch, 'cause she don't sleep hard, »
but the bitch look through me like I was dead.
A route taxi pull up, park-lights still on.
The driver size up my bags with a grin:
« This time, Shabine, like you really gone! ».
I ain't answer the ass, I simply pile in
the back seat and watch the sky burn
above Laventille pink as the gown
in which the woman I left was sleeping,
and I look in the rearview and see a man
exactly like me, and the man was weeping
for the houses, the streets, that whole fucking island.
Christ have mercy on all sleeping things!
From that dog rotting down Wrightson Road

LA GOLETTA « FLIGHT »

1. *Adios, Carenage*

Nel pigro agosto, quando il mare è liscio
e foglie d'isole brune s'incollano all'orlo
di questo mare dei Caraibi, io spengo la luce
sul volto senza sogni di María Concepción
per imbarcarmi marinaio sulla goletta *Flight*.
Fuori, nel cortile che diventava grigio nell'alba,
ero pietrificato, e nient'altro si muoveva
tranne il mare freddo, increspato come zinco,
e i fori dei chiodi delle stelle nel tetto del cielo,
fino a che un vento s'infilò tra gli alberi.
Incontro la mia stupida vicina che scopava
il cortile,
mentre scendevo al porto, e dissi più o meno:
« Fa' piano, strega, lei ha il sonno leggero, »
ma la puttana mi guarda da parte a parte
come fossi morto.
Si ferma un taxi, le luci di parcheggio
ancora accese.
Il taxista misura il mio bagaglio con un ghigno:
« Stavolta, Shabine, te ne vai sul serio! ».
Non rispondo a quell'asino, mi butto
sul sedile di dietro e guardo il cielo ardere
sopra Laventille, rosa come la camicia
in cui dormiva la donna che stavo lasciando,
e guardo nel retrovisore e vedo un uomo
identico a me, e quell'uomo piangeva
per le case, le strade, tutta l'isola fottuta.
Cristo abbia pietà di tutte le cose che dormono!
Da quel cane che sta marcendo giù in
Wrightson Road

to when I was a dog on these streets;
if loving these islands must be my load,
out of corruption my soul takes wings.
But they had started to poison my soul
with their big house, big car,
big-time bohbohl,
coolie, nigger, Syrian, and French Creole,
so I leave it for them and their carnival –
I taking a sea-bath, I gone down the road.
I know these islands from Monos to Nassau,
a rusty head sailor with sea-green eyes
that they nickname Shabine, the patois for
any red nigger, and I, Shabine, saw
when these slums of empire was paradise.
I'm just a red nigger who love the sea,
I had a sound colonial education,
I have Dutch, nigger, and English in me,
and either I'm nobody, or I'm a nation.

But Maria Concepcion was all my thought
watching the sea heaving up and down
as the port side of dories, schooners,
and yachts
was painted afresh by the strokes of the sun
signing her name with every reflection;
I knew when dark-haired evening put on
her bright silk at sunset, and, folding the sea,
sidled under the sheet with her starry laugh,
that there'd be no rest, there'd be
no forgetting.
Is like telling mourners round the graveside
about resurrection, they want the dead back,
so I smile to myself as the bow rope untied

a quando io ero un cane in queste strade;
se amare queste isole è il mio carico,
per troppa corruzione l'anima mia s'invola.
Ma hanno cominciato a avvelenarmela
con la loro grande casa, grande auto,
gran marciume,
coolie, negro, siriano e creolo francese,
così gli lascio tutto, a loro e al loro carnevale –
mi faccio un bagno in mare, me ne vado.
Conosco queste isole da Monos a Nassau,
marinaio con la testa ruggine e occhi verde-mare
che chiamano Shabine, il soprannome *patois*
per ogni negro rosso; e io, Shabine, ho visto
questi bassifondi d'impero quando
erano paradiso.
Io sono solamente un negro rosso che ama
il mare,
ho avuto una buona istruzione coloniale,
ho in me dell'olandese, del negro e dell'inglese,
sono nessuno, o sono una nazione.

Ma María Concepción era ogni mio pensiero
mentre guardavo il mare che saliva e scendeva
e il fianco sinistro di canotti, golette e yacht
veniva ridipinto dalle pennellate del sole
che in ogni riflesso scriveva il suo nome;
sapevo, quando la sera dai capelli scuri indossava
la sua seta splendente nel tramonto e, ripiegando
il mare,
s'infilava sotto il lenzuolo col suo riso stellato,
che non ci sarebbe stata pace, non oblio.
È come parlare a gente in lutto, attorno
alla tomba,
della resurrezione, perché loro rivogliono
il defunto;
così sorrido a me stesso mentre la cima di prua
è sciolta

and the *Flight* swing seaward: « Is no use
repeating
that the sea have more fish. I ain't want her
dressed in the sexless light of a seraph,
I want those round brown eyes like a marmoset,
and
till the day when I can lean back and laugh,
those claws that tickled my back on sweating
Sunday afternoons, like a crab on wet sand ».
As I worked, watching the rotting waves come
past the bow that scissor the sea like silk,
I swear to you all, by my mother's milk,
by the stars that shall fly from tonight's furnace,
that I loved them, my children, my wife, my
home;
I loved them as poets love the poetry
that kills them, as drowned sailors the sea.

You ever look up from some lonely beach
and see a far schooner? Well, when I write
this poem, each phrase go be soaked in salt;
I go draw and knot every line as tight
as ropes in this rigging; in simple speech
my common language go be the wind,
my pages the sails of the schooner *Flight*.
But let me tell you how this business begin.

2. *Raptures of the Deep*

Smuggled Scotch for O'Hara,
big government man,

e la *Flight* si volge al mare aperto: « Inutile
ripetere
che il mare ha più pesce. Io non la voglio
vestita nella luce senza sesso di un serafino,
voglio quegli occhi tondi, castani, da uistitì,
e fino a quando potrò sdraiarmi e ridere,
quegli artigli che mi solleticavano la schiena
nei sudati
pomeriggi domenicali, come un granchio
sulla sabbia umida ».
Durante il lavoro, gli occhi fissi alle onde
putrescenti
in corsa oltre la prua che sforbicia il mare
come seta,
io giuro a tutti voi, sul latte di mia madre
e sulle stelle che voleranno dalla fornace
di questa notte,
che li ho amati, i miei figli, mia moglie, la mia casa;
li ho amati come i poeti amano la poesia
che li uccide, come i marinai annegati amano
il mare.

Vi è mai successo di guardare
da una spiaggia deserta
e vedere lontano una goletta? Be', mentre scrivo
questo poema, ogni frase s'intriderà di sale;
io traccio e annodo ogni verso così stretto
come le cime di questo sartiame; in semplici
parole
sia il mio linguaggio elementare il vento,
e le mie pagine le vele della goletta *Flight*.
Ma lasciate che racconti come ha inizio la storia.

2. *Estasi del profondo*

Scotch di contrabbando per O'Hara,
pezzo grosso del governo,

between Cedros and the Main, so
the Coast Guard couldn't touch us,
and the Spanish pirogues always met us halfway,
but a voice kept saying: « Shabine, see
this business
of playing pirate? ». Well, so said, so done!
That whole racket crash. And I for a woman,
for her laces and silks, Maria Concepcion.
Ay, ay! Next thing I hear, some Commission
of Enquiry
was being organized to conduct a big quiz,
with himself as chairman investigating himself.
Well, I knew damn well who the suckers
would be,
not that shark in shark skin, but his pilot fish,
khaki-pants red niggers like you and me.
What worse, I fighting with Maria Concepcion,
plates flying and thing, so I swear: « Not again! ».
It was mashing up my house and my family.
I was so broke all I needed was shades and a cup
or four shades and four cups in four-cup
Port of Spain;
all the silver I had was the coins on the sea.

You saw them ministers in *The Express*,
guardians of the poor – one hand at their back,
and one set o' police only guarding their house,
and the Scotch pouring in through
the back door.

tra Cedros e il Sudamerica: così
la Guardia Costiera non poteva toccarci,
e le piroghe ispaniche ci incontravano sempre
a mezza strada,
ma una voce continuava a dire: « Shabine, questo
non è fare il pirata? ». Be', detto fatto!
Tutto quel traffico va in malora. E io
per una donna,
per le sue trine e sete, María Concepción.
Ahi, ahi! Subito dopo vengo a sapere
di una Commissione d'inchiesta
organizzata per condurre un gran quiz;
e a indagare su lui c'era lui stesso, in veste
di presidente.
Be', sapevo dannatamente bene chi restava
fregato:
non quello squalo in pelle di squalo, ma i suoi
pesci pilota,
negri rossi in brache kaki come te e me.
E ciò che è peggio, io litigavo
con María Concepción,
volavano piatti e altre cose, così giurai:
« Mai più! ».
Era un disastro per la mia casa
e per la mia famiglia.
Ero così a pezzi che potevo tirare avanti
solamente bevendo e fottendo in quella arcifottuta
Port of Spain;
tutto il mio argento erano le monete
che brillavano sul mare.

Quei ministri li hai visti in « The Express »,
protettori dei poveri – con una mano dietro
e una manica di poliziotti soltanto per proteggergli
il palazzo,
e scotch a fiumi per la porta di servizio.

As for that minister-monster who smuggled
the booze,
that half-Syrian saurian, I got so vex to see
that face thick with powder, the warts,
the stone lids
like a dinosaur caked with primordial ooze
by the lightning of flashbulbs sinking in wealth,
that I said: « Shabine, this is shit, understand! ».
But he get somebody to kick my crutch
out his office
like I was some artist! That bitch was so grand,
couldn't get off his high horse and kick me
himself.
I have seen things that would make a slave sick
in this Trinidad, the Limers' Republic.
I couldn't shake the sea noise out of my head,
the shell of my ears sang Maria Concepcion,
so I start salvage diving with a crazy Mick,
name O'Shaughnessy, and a limey
named Head;
but this Caribbean so choke with the dead
that when I would melt in emerald water,
whose ceiling rippled like a silk tent,
I saw them corals: brain, fire, sea-fans,
dead-men's-fingers, and then, the dead men.
I saw that the powdery sand was their bones
ground white from Senegal to San Salvador,
so, I panic third dive, and surface for a month

Quanto a quel ministro-mostro che trafficava
in sbobba,
quel ramarro mezzo siriano, ero così infuriato
nel vedere
quella faccia spessa di cipria, le verruche,
le palpebre di pietra,
da dinosauro incrostato di melma primordiale,
nella luce dei flash che si sprecavano,
che dissi: « Shabine, questa è merda, chiaro! ».
Ma lui mi fa cacciare dal suo ufficio a calci in culo
quasi fossi un artista! Era così boriosa,
quella troia,
che non poteva smettere la sua spocchia
e prendermi a calci di persona.
Ho visto cose da far nausea a uno schiavo
in questa Trinidad, Repubblica
degli Scansafatiche.
Non potevo scuotermi dalla testa il rumore
del mare,
la conchiglia delle mie orecchie cantava
María Concepción,
così mi metto a fare il palombaro nei recuperi,
con Mick, un pazzo
di nome O'Shaughnessy, e un inglese
che si chiamava Head,
ma questo mare dei Caraibi è così ingorgato
di morti
che quando mi scioglievo nell'acqua di smeraldo,
il cui soffitto s'increspava come una tenda di seta,
li vedevo coralli: cervello, fuoco, ventagli
di mare,
dita di morti, e poi gli uomini morti.
Vidi che la sabbia polverosa era le loro ossa
macinate bianche dal Senegal a San Salvador;
così, dopo il panico della terza immersione,
emergo per un mese

in the Seamen's Hostel. Fish broth and sermons.
When I thought of the woe I had brought
my wife,
when I saw my worries with that other woman,
I wept under water, salt seeking salt,
for her beauty had fallen on me like a sword
cleaving me from my children, flesh of my flesh!

There was this barge from St. Vincent,
but she was too deep
to float her again. When we drank, the limey
got tired of my sobbing for Maria Concepcion.
He said he was getting the bends. Good for him!
The pain in my heart for Maria Concepcion,
the hurt I had done to my wife and children,
was worse than the bends. In the rapturous deep
there was no cleft rock where my soul could hide
like the boobies each sunset, no sandbar of light
where I could rest, like the pelicans know,
so I got raptures once, and I saw God
like a harpooned grouper bleeding, and a far
voice was rumbling, « Shabine, if you leave her,
if you leave her, I shall give you the morning
star ».
When I left the madhouse I tried other women
but, once they stripped naked, their spiky cunts
bristled like sea-eggs and I couldn't dive.
The chaplain came round. I paid him no mind.
Where is my rest place, Jesus? Where is
my harbour?
Where is the pillow I will not have to pay for,
and the window I can look from that frames
my life?

all'Ostello del Marinaio. Brodo di pesce
e prediche.
Quando pensavo al dolore inflitto a mia moglie,
quando vedevo le mie pene per quell'altra donna,
io piangevo sott'acqua, sale che cerca sale,
perché la sua bellezza era caduta su me
come una spada
a fendermi dai figli, carne della mia carne!

C'era questa barca di Saint Vincent, ma era
troppo in basso
per riportarla a galla. Quando bevevamo,
l'inglese
si scocciava dei miei sospiri
per María Concepción.
Gli veniva, diceva, l'embolia. Buon per lui!
Il dolore che avevo dentro per María Concepción,
il male che avevo fatto a mia moglie e ai figli
era peggio di ogni embolia. Nell'abisso rapinoso
non c'era fenditura di scoglio in cui la mia anima
potesse nascondersi
come le sule a ogni tramonto, né lama di sabbia
in cui potessi riposare, come sa il pellicano;
così una volta fui rapito in estasi, e vidi Dio
come una cernia arpionata, sanguinante,
e una voce
lontana echeggiava: « Shabine, se tu la lasci,
se la lasci, io ti darò la stella del mattino ».
Lasciato il manicomio, provai con altre donne,
ma quando si spogliavano le loro vulve aguzze
erano irsute come ricci di mare, e non potevo
immergermi.
Il cappellano faceva il giro. Non gli davo retta.
Dove avrò requie, Gesù? Dov'è il mio porto?
Dov'è il cuscino per il quale non dovrò pagare,
e la finestra da cui guardare, che incornici
la mia vita?

3. *Shabine Leaves the Republic*

I had no nation now but the imagination.
After the white man, the niggers didn't want me
when the power swing to their side.
The first chain my hands and apologize,
« History »;
the next said I wasn't black enough
for their pride.
Tell me, what power, on these unknown rocks –
a spray-plane Air Force, the Fire Brigade,
the Red Cross, the Regiment, two, three
police dogs
that pass before you finish bawling « Parade! »?
I met History once, but he ain't recognize me,
a parchment Creole, with warts
like an old sea-bottle, crawling like a crab
through the holes of shadow cast by the net
of a grille balcony; cream linen, cream hat.
I confront him and shout, « Sir, is Shabine!
They say I'se your grandson. You remember
Grandma,
your black cook, at all? ». The bitch hawk
and spat.
A spit like that worth any number of words.
But that's all them bastards have left us: words.

I no longer believed in the revolution.
I was losing faith in the love of my woman.
I had seen that moment Aleksandr Blok
crystallize in *The Twelve*. Was between
the Police Marine Branch and Hotel
Venezuelana

3. *Shabine lascia la Repubblica*

Ora non avevo altra nazione che l'immaginazione.
Dopo l'uomo bianco, i negri non mi vollero
quando il potere girò dalla loro parte.
Il primo mi incatena le mani e si scusa:
« La Storia »;
gli altri non mi giudicavano nero abbastanza
per il loro orgoglio.
Dimmi, quale potere, su queste rocce
sconosciute –
un'Aviazione per le irrorazioni, il Corpo
dei Pompieri,
la Croce Rossa, il Reggimento, due o tre
cani poliziotto
che passano prima che tu finisca di abbaiare
« Parata! »?
Ho incontrato la Storia, una volta, ma non mi ha
riconosciuto,
un creolo incartapecorito, pieno di verruche
come una vecchia bottiglia di mare, che strisciava
come un granchio
nei buchi d'ombra proiettati dalla rete
di un balcone a inferriata; color crema
il vestito e il cappello.
Lo abbordo e grido: « Sono Shabine, signore!
Dicono che sono suo nipote. Si ricorda la nonna,
la sua cuoca nera? ». La troia si raschiò la gola
e sputò.
Uno sputo così vale tutte le parole.
Ma questo ci hanno lasciato quei bastardi: parole.

Non credevo più nella rivoluzione.
Perdevo fede nell'amore della mia donna.
Avevo visto il momento che Aleksandr Blok
cristallizza nei *Dodici*. Accadde
tra la Polizia Marittima e l'Hotel Venezuelana

one Sunday at noon. Young men without flags
using shirts, their chests waiting for holes.
They kept marching into the mountains, and
their noise ceased as foam sinks into sand.
They sank in the bright hills like rain, every one
with his own nimbus, leaving shirts in the street,
and the echo of power at the end of the street.
Propeller-blade fans turn over the Senate;
the judges, they say, still sweat in carmine,
on Frederick Street the idlers all marching
by standing still, the Budget turns a new leaf.
In the 12:30 movies the projectors best
not break down, or you go see revolution.
Aleksandr Blok
enters and sits in the third row of pit eating choc-
olate cone, waiting for a spaghetti West-
ern with Clint Eastwood and featuring
Lee Van Cleef.

4. *The* Flight, *Passing Blanchisseuse*

Dusk. The *Flight* passing Blanchisseuse.
Gulls wheel like from a gun again,
and foam gone amber that was white,
lighthouse and star start making friends,
down every beach the long day ends,
and there, on that last stretch of sand,
on a beach bare of all but light,
dark hands start pulling in the seine
of the dark sea, deep, deep inland.

una domenica a mezzogiorno. Giovani
senza bandiere,
usavano le camicie, con i petti che aspettavano
fori.
Continuarono a marciare nelle montagne,
e il loro rumore cessò come schiuma
che affonda nella sabbia.
Affondarono come pioggia nelle colline lucenti,
ognuno con la sua aureola, lasciando le camicie
per la strada,
e l'eco del potere in fondo alla strada.
Pale d'elica sventagliano sopra il Senato;
i giudici, si dice, sudano ancora cremisi,
in Frederick Street gli sfaticati sono tutti in marcia
restando fermi, il Bilancio volta pagina.
Nel film delle 12,30 è meglio che i proiettori
non si guastino, o vedreste la rivoluzione.
Aleksandr Blok
entra e si siede in platea, terza fila, mangiando
un cono al cioccolato, aspettando uno spaghetti-
western con Clint Eastwood e con Lee Van Cleef.

4. *La* Flight *passa Blanchisseuse*

Crepuscolo. La *Flight* passa Blanchisseuse.
Gabbiani roteano ancora come da un cannone,
e schiuma diventata ambra, un tempo bianca,
faro e stella fanno già amicizia,
su ogni spiaggia il lungo giorno termina,
e là, su quell'ultimo arenile,
su una spiaggia nuda di tutto tranne che di luce,
mani scure cominciano a tirare le senne
del mare scuro, lontano, lontano,
verso l'entroterra.

5. *Shabine Encounters the Middle Passage*

Man, I brisk in the galley first thing next dawn,
brewing li'l coffee; fog coil from the sea
like the kettle steaming when I put it down
slow, slow, 'cause I couldn't believe what I see:
where the horizon was one silver haze,
the fog swirl and swell into sails, so close
that I saw it was sails, my hair grip my skull,
it was horrors, but it was beautiful.
We float through a rustling forest of ships
with sails dry like paper, behind the glass
I saw men with rusty eyeholes like cannons,
and whenever their half-naked crews cross the sun,
right through their tissue, you traced their bones
like leaves against the sunlight; frigates, barkentines,
the backward-moving current swept them on,
and high on their decks I saw great admirals,
Rodney, Nelson, de Grasse, I heard the hoarse orders
they gave those Shabines, and the forest
of masts sail right through the *Flight*,
and all you could hear was the ghostly sound
of waves rustling like grass in a low wind
and the hissing weeds they trailed from the stern;
slowly they heaved past from east to west
like this round world was some cranked water wheel,
every ship pouring like a wooden bucket
dredged from the deep; my memory revolve
on all sailors before me, then the sun
heat the horizon's ring and they was mist.

5. *Shabine incrocia la rotta degli schiavi*

Dunque, per prima cosa mi rianimo
nella cambusa, l'alba seguente,
preparando un po' di caffè; la nebbia si avvolge
su dal mare
come il bollitore fumante quando lo depongo
piano piano, perché non credevo ai miei occhi:
là dove l'orizzonte era tutto una foschia
d'argento,
la nebbia turbina e si gonfia in vele, così prossime
che io vidi che erano vele, e i capelli mi strinsero
il cranio,
erano cose orrende, ma era bello.
Fluttuavamo in una mormorante foresta di navi,
le vele erano asciutte come carta, e oltre il vetro
vidi uomini con orbite arrugginite come cannoni,
e ogni volta che le loro ciurme seminude
incrociavano il sole,
attraverso la pelle si scorgevano le ossa
come foglie contro luce; fregate, brigantini,
la corrente contraria li spingeva verso di noi,
e alti sui ponti di comando vidi grandi ammiragli,
Rodney, Nelson, de Grasse, udii gli ordini rauchi
che impartivano a quegli Shabine, e la foresta
d'alberi punta dritto sulla *Flight*,
e non udivi nulla tranne il suono spettrale
di onde fruscianti come erba in un vento radente
e il sibilo delle alghe strascinate da poppa;
lentamente sfilavano da oriente a occidente
come se questo globo fosse una scassata ruota
ad acqua,
e ogni nave colava come un secchio di legno
dragato su dal fondo; la memoria torna
a tutti i marinai prima di me, poi il sole
scalda l'anello dell'orizzonte, e furono nebbia.

Next we pass slave ships. Flags of all nations,
our fathers below deck too deep, I suppose,
to hear us shouting. So we stop shouting.
Who knows
who his grandfather is, much less his name?
Tomorrow our landfall will be the Barbados.

6. *The Sailor Sings Back to the Casuarinas*

You see them on the low hills of Barbados
bracing like windbreaks, needles for hurricanes,
trailing, like masts, the cirrus of torn sails;
when I was green like them, I used to think
those cypresses, leaning against the sea,
that take the sea-noise up into their branches,
are not real cypresses but casuarinas.
Now Captain just call them Canadian cedars.
But cedars, cypresses, or casuarinas,
whoever called them so had a good cause,
watching their bending bodies wail like women
after a storm, when some schooner came home
with news of one more sailor drowned again.
Once the sound « cypress » used to make
more sense
than the green « casuarinas », though,
to the wind
whatever grief bent them was all the same,
since they were trees with nothing else in mind
but heavenly leaping or to guard a grave;
but we live like our names and you would have
to be colonial to know the difference,

Poi passiamo navi negriere. Bandiere di tutte
le nazioni,
i nostri padri sotto coperta, troppo in fondo,
immagino,
per udirci. Così smettiamo di gridare. Chi sa
chi è il padre di suo padre, tanto meno
il suo nome?
Domani il nostro approdo è Barbados.

6. *Il marinaio risponde al canto delle* casuarinas

Sulle basse colline di Barbados le vedi
salde come barriere frangivento, aghi
per uragani,
come alberi di navi trascinanti i cirri di vele
lacerate;
quando ero verde come loro, io pensavo
che quei cipressi chini contro il mare,
che trattengono nei loro rami il suono del mare,
non fossero veri cipressi ma *casuarinas*.
Ora il Capitano le chiama invece cedri canadesi.
Ma cedri, cipressi o *casuarinas*,
chi li chiamò così aveva una ragione,
guardando i loro corpi curvi gemere come donne
dopo una tempesta, quando una goletta rientrava
con la notizia di un altro marinaio affogato.
Un tempo il suono « cipresso » aveva un senso
più delle verdi « *casuarinas* », anche se,
per il vento,
qualunque pena le piegasse era la stessa cosa,
poiché erano alberi senza nient'altro in mente
che lanciarsi nel cielo o custodire una sepoltura;
ma noi viviamo come i nostri nomi, e tu dovresti
essere
uno delle colonie perché la differenza ti fosse
nota,

to know the pain of history words contain,
to love those trees with an inferior love,
and to believe: « Those casuarinas bend
like cypresses, their hair hangs down in rain
like sailors' wives. They're classic trees, and we,
if we live like the names our masters please,
by careful mimicry might become men ».

7. *The* Flight *Anchors in Castries Harbor*

When the stars self were young over Castries,
I loved you alone and I loved the whole world.
What does it matter that our lives are different?
Burdened with the loves of our different
children?
When I think of your young face washed
by the wind
and your voice that chuckles in the slap
of the sea?
The lights are out on La Toc promontory,
except for the hospital. Across at Vigie
the marina arcs keep vigil. I have kept my own
promise, to leave you the one thing I own,
you whom I loved first: my poetry.
We here for one night. Tomorrow, the *Flight*
will be gone.

8. *Fight with the Crew*

It had one bitch on board, like he had me mark –
that was the cook, some Vincentian arse

e noto il dolore della storia chiuso nelle parole,
per amare quegli alberi di un amore inferiore,
e per credere: « Quelle *casuarinas* si piegano
come cipressi, le loro chiome pendono giù
nella pioggia
come le mogli dei marinai. Sono alberi classici,
e noi,
se viviamo come i nomi che piacciono
ai nostri padroni,
potremmo diventare uomini, con un'accorta
imitazione ».

7. *La* Flight *getta l'ancora nel porto di Castries*

Quando su Castries erano giovani anche le stelle,
ho amato solo te e amato il mondo intero.
Che importa se differiscono la tua e la mia vita,
gravate dell'amore dei nostri figli differenti?
Quando penso al tuo giovane viso lavato dal vento
e alla tua voce che ride bassa nello schiaffo
del mare?
Le luci sono spente sul promontorio di La Toc,
tranne che all'ospedale. Laggiù a Vigie
vigilano gli archi del porticciolo. Ho mantenuto
la promessa: lasciarti l'unica cosa che possiedo,
a te che per prima ho amato: la mia poesia.
Noi qui per una notte. Domani, la *Flight*
sarà partita.

8. *Lotta con la ciurma*

A bordo c'era solo una troia, come lui mi aveva
battezzato –
ed era il cuoco, una faccia da culo
di Saint Vincent:

with a skin like a gommier tree, red peeling bark,
and wash-out blue eyes; he wouldn't give me
a ease,
like he feel he was white. Had an exercise book,
this same one here, that I was using to write
my poetry, so one day this man snatch it
from my hand, and start throwing it left
and right
to the rest of the crew, bawling out, « Catch it, »
and start mincing me like I was some hen
because of the poems. Some case is for fist,
some case is for tholing pin, some is for knife –
this one was for knife. Well, I beg him first,
but he keep reading, « O my children, my wife, »
and playing he crying, to make the crew laugh;
it move like a flying fish, the silver knife
that catch him right in the plump of his calf,
and he faint so slowly, and he turn more white
than he thought he was. I suppose among men
you need that sort of thing. It ain't right
but that's how it is. There wasn't much pain,
just plenty blood, and Vincie and me best friend,
but none of them go fuck with my poetry again.

9. *Maria Concepcion & the Book of Dreams*

The jet that was screeching over the *Flight*
was opening a curtain into the past.
« Dominica ahead! ».
« It still have Caribs there ».
« One day go be planes only, no more boat ».

pelle da albero della gomma, corteccia rossa
spelacchiata
e occhi azzurri slavati; non mi dava respiro,
come per far sentire che era bianco. Io avevo
un quaderno,
questo che vedi, e lo usavo per scrivere
le mie poesie, e un giorno lui me lo strappa
di mano, e comincia a buttarlo a sinistra e a destra
agli altri della ciurma, strillando: « Prendi, »
e mi fa il verso, parlando come se fossi una gallina
per via delle poesie. A volte tocca al pugno,
a volte al ferro dello scalmo, a volte al coltello –
e quella fu la volta del coltello. Be', prima
lo prego,
ma lui continua a leggere: « O figli,
o moglie mia, »
e recita frignando, per far ridere gli altri;
si muove come un pesce volante il coltello
d'argento
che gli va dritto alla ciccia del polpaccio,
e lui sviene così lentamente, e diventa più bianco
di quanto si credesse. Suppongo che tra uomini
ci sia bisogno di cose del genere. Non sarà giusto,
ma è così. Neanche tanto dolore,
solo un lago di sangue, e Vince e io più amici,
ma nessuno di loro ha più sfottuto la mia poesia.

9. *María Concepción e il Libro dei sogni*

Il jet stridente sopra la nostra *Flight*
apriva un sipario sul passato.
« Dominica in vista! ».
« Laggiù ci sono ancora
dei Caribi ».
« Un giorno ci saranno solo aerei,
non più barche ».

« Vince, God ain't make nigger to fly
through the air ».
« Progress, Shabine, that's what it's all about.
Progress leaving all we small islands behind ».
I was at the wheel, Vince sitting next to me
gaffing. Crisp, bracing day. A high-running sea.
« Progress is something to ask Caribs about.
They kill them by millions, some in war,
some by forced labour dying in the mines
looking for silver, after that niggers; more
progress. Until I see definite signs
that mankind change, Vince, I ain't want to hear.
Progress is history's dirty joke.
Ask that sad green island getting nearer ».
Green islands, like mangoes pickled in brine.
In such fierce salt let my wound be healed,
me, in my freshness as a seafarer.

That night, with the sky sparks frosty with fire,
I ran like a Carib through Dominica,
my nose holes choked with memory of smoke;
I heard the screams of my burning children,
I ate the brains of mushrooms, the fungi
of devil's parasols under white, leprous rocks;
my breakfast was leaf mould in leaking forests,
with leaves big as maps, and when I heard noise
of the soldiers' progress through the thick leaves,
though my heart was bursting, I get up and ran
through the blades of balisier sharper
than spears;
with the blood of my race, I ran, boy, I ran
with moss-footed speed like a painted bird;

« Vince, Dio non ha fatto i negri per farli volare ».
« Quello che conta, Shabine, è il progresso.
Il progresso si lascia tutti i nostri isolotti
alle spalle ».
Io ero al timone, Vince mi stava accanto,
alla gaffa. Giornata chiara, frizzante. Mare teso.
« Sul progresso bisogna chiedere ai Caribi.
Li ammazzano a milioni: alcuni in guerra,
altri a crepare ai lavori forzati in miniera,
a cercare l'argento, dietro a quei negri; sempre
progresso. Finché non vedo segni convincenti
che l'umanità cambia, Vince, non ne voglio
sapere.
Il progresso è lo sporco scherzo della storia.
Chiedilo a quella triste isola verde
che si approssima ».
Isole verdi, come manghi in salamoia.
In questo sale ardente possa guarire la mia ferita,
a me, nella mia fresca esperienza di marinaio.

Quella notte, con le scintille del cielo gelate
di fuoco,
corsi come un caribe per Dominica,
le narici affogate dal ricordo del fumo;
udii le grida dei miei figli che bruciavano,
mangiai i cervelli di funghi, i funghi
degli ombrelli del diavolo, sotto bianche rocce
lebbrose;
per colazione, muffe del fogliame in foreste
gocciolanti,
con foglie grandi come mappe, e quando udii
il rumore
dei soldati che progredivano tra le spesse foglie,
anche se mi scoppiava il cuore mi alzai e corsi
tra le lame di canne più affilate delle lance;
col sangue della mia razza, io corsi, amico, corsi
con la velocità muschiata di un uccello dipinto;

then I fall, but I fall by an icy stream under
cool fountains of fern, and a screaming parrot
catch the dry branches and I drowned at last
in big breakers of smoke; then when that ocean
of black smoke pass, and the sky turn white,
there was nothing but Progress, if Progress is
an iguana as still as a young leaf in sunlight.
I bawl for Maria, and her *Book of Dreams*.

It anchored her sleep, that insomniac's Bible,
a soiled orange booklet with a cyclops' eye
center, from the Dominican Republic.
Its coarse pages were black with the usual
symbols of prophecy, in excited Spanish;
an open palm upright, sectioned
and numbered
like a butcher chart, delivered the future.
One night, in a fever, radiantly ill,
she say, « Bring me the book, the end has come ».
She said: « I dreamt of whales and a storm, »
but for that dream, the book had no answer.
A next night I dreamed of three old women
featureless as silkworms, stitching my fate,
and I scream at them to come out my house,
and I try beating them away with a broom,
but as they go out, so they crawl back again,
until I start screaming and crying, my flesh
raining with sweat, and she ravage the book
for the dream meaning, and there was
nothing;

poi cado, cado vicino a un torrente gelido
sotto fredde cascate di felci, e un pappagallo
strillante
afferra i rami secchi, e annegai, alla fine,
in vasti frangenti di fumo; poi, quando
quell'oceano
di fumo nero passa e il cielo si fa bianco,
non c'era nulla più tranne il Progresso,
se Progresso
è un'iguana immobile come una giovane foglia
nel sole.
Invoco María urlando, e il suo *Libro dei sogni*.

Le ancorava il sonno, quella Bibbia da insonni,
un sudicio libretto arancione, con un occhio
di ciclope
al centro, stampato nella Repubblica Dominicana.
Le sue pagine ruvide erano nere degli usuali
simboli profetici, in uno spagnolo esaltato;
un palmo aperto, verticale, diviso e numerato
come lo schema del bue da macello, consegnava
il futuro.
Una notte, febbricitante, radiosamente inferma,
lei dice: « Portami il libro, è la fine ».
Disse: « Ho sognato balene, e una tempesta, »
ma il libro non aveva risposta per quel sogno.
Una notte, più avanti, io sognai tre vecchie
prive di lineamenti come bachi da seta,
che cucivano il mio destino,
e gridai di andarsene da casa mia
e cercai di cacciarle con la scopa,
ma come uscivano rientravano strisciando,
finché comincio a urlare e piangere, la mia carne
grondante di sudore, e lei massacra il libro
per cercare il senso del mio sogno, e non c'era
niente;

my nerves melt like a jellyfish – that was when
I broke –
they found me round the Savannah, screaming:

All you see me talking to the wind, so you think
I mad.
Well, Shabine has bridled the horses of the sea;
you see me watching the sun till my eyeballs
seared,
so all you mad people feel Shabine crazy,
but all you ain't know my strength, hear?
The coconuts
standing by in their regiments in yellow khaki,
they waiting for Shabine to take over
these islands,
and all you best dread the day I am healed
of being a human. All you fate in my hand,
ministers, businessmen, Shabine have you,
friend,
I shall scatter your lives like a handful of sand,
I who have no weapon but poetry and
the lances of palms and the sea's shining shield!

10. *Out of the Depths*

Next day, dark sea. A arse-aching dawn.
« Damn wind shift sudden as a woman mind ».
The slow swell start cresting like some mountain
range

i nervi mi si sciolsero come una medusa –
fu quando ebbi il collasso –
mi trovarono dietro la Savana, e urlavo:

Tutti voi mi vedete parlare al vento e mi credete
pazzo.
Be', Shabine ha imbrigliato i cavalli del mare;
voi mi vedete guardare il sole finché gli occhi
si prosciugano,
così voi pazzi credete Shabine folle,
ma la mia forza non la conoscete. Sentite?
Le teste di legno,
in allerta nei loro reggimenti giallo kaki,
aspettano che Shabine prenda il potere
in queste isole,
e a tutti dico di temere il giorno della mia
guarigione
dallo stato di uomo. Tutto il vostro destino
è nella mia mano,
ministri, affaristi, Shabine vi possiede, chiaro,
spargerò le vostre vite come una manciata
di sabbia,
io che ho per sole armi la poesia
e le lance delle palme e lo scudo splendente
del mare!

10. *Su dagli abissi*

Il giorno dopo, mare scuro. Un'alba
da mal di culo.
« Dannato vento, cambia all'improvviso come
la mente di una donna ».
La lenta massa ondosa ora si spezza in creste
come una catena di monti

with snow on the top.
« Ay, Skipper, sky dark! ».
« This ain't right for August ».
« This light damn strange,
this season, sky should be clear as a field ».

A stingray steeplechase across the sea,
tail whipping water, the high man-o'-wars
start reeling inland, quick, quick an archery
of flying fish miss us! Vince say: « You notice? »
and a black-mane squall pounce on the sail
like a dog on a pigeon, and it snap the neck
of the *Flight* and shake it from head to tail.
« Be Jesus, I never see sea get so rough
so fast! That wind come from God
back pocket! ».
« Where Cap'n headin? Like the man
gone blind! ».
« If we's to drong, we go drong, Vince, fock-it! ».
« Shabine, say your prayers, if life leave
you any! ».

I have not loved those that I loved enough.
Worse than the mule kick of Kick-'Em-Jenny
Channel, rain start to pelt the *Flight* between
mountains of water. If I was frighten?
The tent poles of water spouts bracing the sky
start wobbling, clouds unstitch at the seams
and sky water drench us, and I hear
myself cry,

innevata sulle cime.
« Ehi, Capo, cielo scuro! ».
« Non va bene ad agosto ».
« C'è una luce
dannatamente strana,
in questa stagione il cielo dovrebbe essere chiaro
come un campo ».

Una raia velenosa fa la corsa a ostacoli sul mare
frustando l'acqua con la coda, le aquile marine
puntano roteando verso terra, rapidissima
una raffica di pesci volanti,
come frecce, per poco non ci investe! Vince dice:
« Hai visto? »
e un turbine dalla cupa criniera si avventa
sul velame
come un cane su un piccione e azzanna al collo
la *Flight* e la squassa dalla testa alla coda.
« Gesù, non ho mai visto il mare ingrossarsi
così in fretta! Questo vento esce dalla tasca
posteriore di Dio! ».
« Che rotta tiene il Capitano? Va come un cieco! ».
« Se dobbiamo affogare, affoghiamo, Vince,
fottiti! ».
« Shabine, di' le preghiere, se la vita te ne ha
lasciate ancora! ».

Quelli che amavo non li ho abbastanza amati.
Peggio qui che nel Kick-'Em-Jenny Channel:
la pioggia prende a crepitare sulla *Flight*
tra montagne d'acqua. Se avevo paura?
I paletti delle grondaie che reggono il cielo
cominciano a ballare, le nuvole si scuciono
agli orli,
l'acqua del cielo ci infradicia, e mi sento gridare:

« I'm the drowned sailor in her *Book of Dreams* ».
I remembered them ghost ships, I saw me
corkscrewing
to the sea-bed of sea-worms, fathom
pass fathom,
my jaw clench like a fist, and only one thing
hold me, trembling, how my family safe home.
Then a strength like it seize me and the strength
said:
« I from backward people who still fear God ».
Let Him, in His might, heave Leviathan
upward
by the winch of His will, the beast pouring
lace
from his sea-bottom bed; and that was the faith
that had fade from a child in the Methodist
chapel
in Chisel Street, Castries, when the whale-bell
sang service and, in hard pews ribbed
like the whale,
proud with despair, we sang how our race
survive the sea's maw, our history, our peril,
and now I was ready for whatever death will.
But if that storm had strength, was
in Cap'n face,
beard beading with spray, tears salting the eyes,
crucify to his post, that nigger hold fast
to that wheel, man, like the cross held Jesus,

« Sono il marinaio annegato
del suo *Libro dei sogni* ».
Ricordai quelle navi fantasma, mi vidi scendere
a spirale
verso il letto pieno di vermi del mare, braccio
dopo braccio,
la mascella serrata come un pugno, e soltanto
una cosa
mi sostiene, tremante: la mia famiglia al sicuro,
a casa.
Poi una forza pari a quel pensiero mi prende,
e la forza disse:
« Vengo da una gente arretrata che ancora
teme Dio ».
Che nella Sua potenza Egli sollevi il Leviatano
con l'argano del Suo volere, la bestia
che vomita trine
dal suo letto in fondo al mare; e quella era la fede
sfumata da un bambino della cappella metodista
di Chisel Street, a Castries, quando la campana
della baleniera
suonava la funzione, e in duri banchi a schiera,
come costole di balena,
noi, fieri di disperazione, cantavamo
come la nostra razza
sopravviva allo stomaco del mare, alla nostra
storia, al nostro pericolo,
e adesso ero pronto a ogni cosa che la morte
volesse.
Ma se quella tempesta aveva forza, la forza era
nella faccia del Capitano,
la barba gocciolante di spruzzi, il sale delle lacrime
negli occhi,
crocifisso al suo posto, quel negro si teneva
ben saldo a quel timone, ascolta, come la croce
tenne il Cristo,

and the wounds of his eyes like they crying
for us,
and I feeding him white rum, while every crest
with Leviathan-lash make the *Flight* quail
like two criminal. Whole night, with no rest,
till red-eyed like dawn, we watch our travail
subsiding, subside, and there was no more storm.
And the noon sea get calm as Thy Kingdom
come.

11. *After the Storm*

There's a fresh light that follows a storm
while the whole sea still havoc; in its bright wake
I saw the veiled face of Maria Concepcion
marrying the ocean, then drifting away
in the widening lace of her bridal train
with white gulls her bridesmaids, till she
was gone.
I wanted nothing after that day.
Across my own face, like the face of the sun,
a light rain was falling, with the sea calm.

Fall gently, rain, on the sea's upturned face
like a girl showering; make these islands fresh
as Shabine once knew them! Let every trace,
every hot road, smell like clothes she just press
and sprinkle with drizzle. I finish dream;

e le ferite dei suoi occhi sembravano piangere
per noi,
e io lo nutrivo di rum bianco, mentre ogni cresta
con la frusta del Leviatano fa tremare la *Flight*
come due criminali. Così tutta la notte,
senza requie,
finché, con gli occhi rossi come l'alba, vediamo
il nostro travaglio
placarsi, è placato, e non fu più tempesta.
E il mare di mezzogiorno si fa calmo mentre viene
il Tuo Regno.

11. *Dopo la tempesta*

C'è una luce fresca che segue una tempesta
mentre è ancora un disastro tutto il mare;
nella sua scia brillante
vidi il volto velato di María Concepción
che sposava l'oceano e poi andava alla deriva
nel pizzo del suo strascico nuziale che si dilatava,
con candidi gabbiani per damigelle,
finché scomparve.
Non ho desiderato niente da quel giorno.
Il mio viso, come il viso del sole, era sfiorato
da una pioggia leggera, calmo il mare.

Cadi gentile, pioggia, sul viso del mare rivolto
verso l'alto
come una ragazza sotto la doccia; fa' che queste
isole sian fresche
come Shabine un tempo le conobbe! Ogni traccia,
ogni strada rovente, odori come i panni
che la pioggia sfiora
e spruzza di gocce. Finisco di sognare;

whatever the rain wash and the sun iron:
the white clouds, the sea and sky with one seam,
is clothes enough for my nakedness.
Though my *Flight* never pass the incoming tide
of this inland sea beyond the loud reefs
of the final Bahamas, I am satisfied
if my hand gave voice to one people's grief.
Open the map. More islands there, man,
than peas on a tin plate, all different size,
one thousand in the Bahamas alone,
from mountains to low scrub with coral keys,
and from this bowsprit, I bless every town,
the blue smell of smoke in hills behind them,
and the one small road winding down them
like twine
to the roofs below; I have only one theme:
The bowsprit, the arrow, the longing,
the lunging heart –
the flight to a target whose aim we'll never know,
vain search for one island that heals
with its harbour
and a guiltless horizon, where the almond's
shadow
doesn't injure the sand. There are so many
islands!
As many islands as the stars at night
on that branched tree from which meteors
are shaken
like falling fruit around the schooner *Flight*.
But things must fall, and so it always was,
on one hand Venus, on the other Mars;
fall, and are one, just as this earth is one
island in archipelagoes of stars.

qualunque cosa lavi la pioggia e il sole stiri:
le bianche nuvole, il mare e il cielo
con una sola cucitura,
sono panni bastanti per la mia nudità.
Sebbene la mia *Flight* non passi mai l'alta marea
di questo mare interno oltre gli scogli sonanti
delle estreme Bahamas, io sono soddisfatto
se la mia mano ha dato voce al dolore di un popolo.
Apri la carta. Vedi lì più isole
che piselli su un piatto di stagno, ognuna
di misura differente,
un migliaio nelle sole Bahamas,
dai monti alla bassa boscaglia con banchi corallini,
e da questo bompresso io benedico ogni città,
l'odore blu del fumo sulle colline dietro a esse,
e l'unica stradina serpeggiante che scende come
spago a legarle
ai tetti sottostanti; io ho un tema solo:
Il bompresso, la freccia, il rimpianto, lo slancio
del cuore –
il volo a un bersaglio di cui non sapremo mai
lo scopo,
vana ricerca di quell'isola che risani
con il suo porto
e un orizzonte senza colpa, dove l'ombra
del mandorlo
non ferisca la sabbia. Ci sono tante isole!
Tante isole quante stelle a notte
sui rami di quell'albero dal quale si scrollano
meteore
come frutti che cadano attorno alla goletta *Flight*.
Ma le cose devono cadere, e così è sempre stato,
Venere da una parte, Marte dall'altra;
cadono, e sono una cosa sola, come questa terra
è una
isola in arcipelaghi di stelle.

My first friend was the sea. Now, is my last.
I stop talking now. I work, then I read,
cotching under a lantern hooked to the mast.
I try to forget what happiness was,
and when that don't work, I study the stars.
Sometimes is just me, and the soft-scissored foam
as the deck turn white and the moon open
a cloud like a door, and the light over me
is a road in white moonlight taking me home.
Shabine sang to you from the depths of the sea.

Il mio primo amico fu il mare. Ora, è
il mio ultimo.
Smetto di parlare, adesso. Lavoro, e poi leggo,
nella cuccetta, sotto una lanterna appesa
all'albero.
Cerco di dimenticare che cos'era la gioia,
e quando non mi riesce studio le stelle.
A volte sono io soltanto, e la schiuma recisa
dolcemente
mentre il ponte diviene bianco e la luna apre
una nuvola come una porta, e la luce su di me
è una strada, in una bianca luce lunare,
che mi conduce a casa.
Shabine ha cantato per te dagli abissi del mare.

MAP OF THE NEW WORLD

Archipelagoes

At the end of this sentence, rain will begin.
At the rain's edge, a sail.

Slowly the sail will lose sight of islands;
into a mist will go the belief in harbours
of an entire race.

The ten-years war is finished.
Helen's hair, a grey cloud.
Troy, a white ashpit
by the drizzling sea.

The drizzle tightens like the strings of a harp.
A man with clouded eyes picks up the rain
and plucks the first line of the *Odyssey*.

MAPPA DEL NUOVO MONDO

Arcipelaghi

Alla fine di questa frase, comincerà la pioggia.
All'orlo della pioggia, una vela.

Lenta la vela perderà di vista le isole;
in una foschia se ne andrà la fede nei porti
di un'intera razza.

La guerra dei dieci anni è finita.
La chioma di Elena, una nuvola grigia.
Troia, un bianco accumulo di cenere
vicino al gocciolar del mare.

Il gocciolio si tende come le corde di un'arpa.
Un uomo con occhi annuvolati raccoglie
                                        la pioggia
e pizzica il primo verso dell'*Odissea*.

HURUCAN

I

Once branching light startles the hair
of the coconuts,
and on the villas' asphalt roofs, rain
resonates like pebbles in a pan,
and only the skirts of surf
waltz round the abandoned bandstand,
and we hear the telephone cables
hallooing like fingers tapped over an Indian's
mouth,
once the zinc roofs begin wrenching their nails
like freight uncrated with a crowbar,
we remember you as the possible
deity of the whistling marsh-canes,
we doubt that you were ever slain
by the steel Castilian lances
of a thousand horizons,
deity of the yellow-skinned ones
who thatched your temple with plantains.

When the power station's blackout
grows frightening as amnesia,
and the luxury resorts
revert to the spear-tips of candles,
and the swimming pools in their marsh-light
multiply with hysterical lilies
like the beaks of fledglings uttering your name,
when lightning fizzles out

HURUCAN

I

Se luce deflagrante fa rizzare i capelli
alle noci di cocco,
e sui tetti d'asfalto delle ville la pioggia
risuona come ciottoli dentro una pentola,
e soltanto le gonne delle onde
danzano intorno al palco della banda,
abbandonato,
e noi udiamo i cavi del telefono
gridare *hallo* come dita battute sulla bocca
di un indiano,
se i tetti di zinco cominciano a strappare
i loro chiodi
come casse scoperchiate con un piede di porco,
noi ricordiamo te come possibile
deità delle sibilanti canne palustri,
noi dubitiamo che mai fossi ucciso
dalle lance d'acciaio castigliane
dai mille orizzonti,
deità di quegli uomini dalla pelle gialla
che al tuo tempio facevano il tetto con rami
di banano.

Quando il blackout della centrale elettrica
si fa angosciante come amnesia,
e i centri balneari di gran lusso
tornano alle candele lanceolate,
e le piscine nella loro luce palustre
si gremiscono di ninfee isteriche
come i becchi di pulcini che dicano il tuo nome,
quando il lampo si smorza

in the wireless, we can see and hear
the streaming black locks of clouds,
flesh the gamboge of lightning,
and the epicanthic, almond-shaped eye
of the whirling cyclops,
runner through the cloud-smoke,
our ocean's marathon strider,
the only survivor
of their massacred deities

whose temples change
like the clouds over Yucatán
in the copper twilight over Ecuador,
runner who can grip the mares' tails
of galloping cirrus,
vaulting the dead conquistadors of the helmeted palms.
You'd never reply
to the name of the northern messenger
whose zigzagging trident
pitchforks the oaks like straw,
nor to the thunderous tambours
of Shango; you rage
till we get your name right,
till the surf and the bent palms dance
to your tune, even if, at your entrance,
clouds plod the horizon like caparisoned camels,
and the wind begins to unwhirl
like a burnoose; you abhor
all other parallels
but our own,
Hurucan.
You scream like a man whose wife is dead,
like a god who has lost his race,
you yank the electric wires with wet hands.

nella radio, noi possiamo vedere e udire
neri e grondanti i riccioli di nubi,
carne il giallo arancio della folgore,
e l'occhio epicantico, a mandorla,
del ciclope vorticante,
corridore in mezzo alla caligine,
del nostro oceano gran maratoneta,
il solo superstite
di quelle massacrate deità

i cui templi cambiano
come le nubi sopra lo Yucatán
nel crepuscolo cupreo sopra l'Ecuador,
corridore che ai cirri galoppanti
sa ghermire le code da puledre,
scavalcando i morti conquistadores delle palme
con l'elmo.
Tu mai risponderesti
al nome dell'araldo boreale
il cui tridente zigzagante
fa volare le querce come paglia,
né ai tamburi rintronanti
di Shango; tu imperversi
finché il tuo nome non ci sia ben chiaro,
finché alla tua musica non danzino
la risacca e le palme ripiegate, anche se,
al tuo ingresso,
le nuvole solcano l'orizzonte come cammelli
bardati,
e il vento comincia a srotolarsi
come un burnus; tu aborri
tutti gli altri paralleli
tranne il nostro,
Hurucan.
Tu gridi come un uomo cui sia morta la moglie,
come un dio che ha perduto la sua razza,
tu scrolli con le mani bagnate i fili elettrici.

Then we think of a different name
than the cute ones christened by radar,
in the sludge that sways
next day by the greased pierheads
where a rowboat still rocks in fear,
and Florida now flares to your flashbulb
and the map of Texas rattles,
and we lie awake in the dark
by the dripping stelae of candles,
our heads gigantified on the walls,
and think you, still running
with tendons feathered with lightning,
water-worrier, whom the chained trees
strain to follow,
havoc, reminder, ancestor,
and, when morning enters, pale
as an insurance broker,
god.

II

The sea almond's dress
is drenched in the morning,
the leaves drip on their clotheslines
like wax drops from candles,
the pent waves circle their fences
like witless sheep.
A freighter is parked
on the coastal road to the airport,
and the birds won't be back
for some time. The chairs
around the bandstand are heaped up
like the morning after your dance,
and the worms we have buried underground
spark and stutter again. Roofs
are scattered all over the hillsides

Allora noi pensiamo a un nome diverso
da quelli dotti imposti con il radar,
nella melma che fluttua
il giorno dopo lungo i moli viscidi di untume
dove ancora un canotto sobbalza spaventato,
e la Florida avvampa ora al tuo flash
e la carta del Texas sbatte al vento,
e stesi al buio rimaniamo svegli
tra le goccianti stele di candele,
le teste ingigantite sopra i muri,
e ti pensiamo, mentre ancora corri
con tendini alati di lampi,
turbatore dell'acqua, che gli alberi in catene
tentano di seguire,
flagello, ammonitore, antenato,
e, quando il giorno entra in scena, pallido
come un agente di assicurazioni,
dio.

II

Il vestito del mandorlo di mare
è fradicio nel mattino,
le foglie sgocciano ai loro fili del bucato
come cera che cola da candele,
le onde represse fanno il giro dei loro stazzi
come pecore matte.
Un cargo è parcheggiato
sulla strada costiera per l'aeroporto,
e gli uccelli non torneranno più
per qualche tempo. Le sedie
intorno al palco della banda sono accatastate
come il mattino dopo la tua danza,
e i lombrichi che abbiamo sotterrato
scintillano e balbettano di nuovo. Tetti
sono dispersi ovunque sui pendii

like cards dropped during a shoot-out,
and the sea starts the pompous thunder
of a military funeral
as spray shoots up round the kiosk
where the Police Band played.

We return the pieces of fear
to their proper place,
the shelf at the back of the mind –
the artifacts, the Carib arrowheads,
the pin-pierced amulets,
and that force whose weather vanes
are the slow-spinning frigates.
Your name fades again in the grounded
flights; there in dark hangars
the mineral patience of cattle –
a cold sweat slides down the silver
hides of the empty planes.

come le carte cadute durante una sparatoria,
e il mare attacca il pomposo tuono
di un funerale militare
mentre la schiuma spruzza il padiglione
dove suonava la Police Band.

Noi restituiamo i pezzi di paura
al loro posto giusto,
lo scaffale sul retro della mente –
i manufatti, le frecce dei Caribi,
gli amuleti trafitti dagli spilli,
e quella forza le cui maniche a vento
son le fregate che lente volteggiano.
Il tuo nome svanisce un'altra volta
nei voli annullati; là in hangar bui
la minerale pazienza della mandria –
sudore freddo cola dalle pelli
argentate degli aeroplani vuoti.

JEAN RHYS

In their faint photographs
mottled with chemicals,
like the left hand of some spinster aunt,
they have drifted to the edge
of verandahs in Whistlerian
white, their jungle turned tea-brown –
even its spiked palms –
their features pale,
to be pencilled in:
bone-collared gentlemen
with spiked moustaches
and their wives embayed in the wickerwork
armchairs, all looking coloured
from the distance of a century
beginning to groan sideways from the axe stroke!

Their bay horses blacken
like spaniels, the front lawn a beige
carpet, brown moonlight and a moon
so sallow, so pharmaceutical
that her face is a feverish child's,
some malarial angel
whose grave still cowers
under a fury of bush,
a mania of wild yams
wrangling to hide her from ancestral
churchyards.

And the sigh of that child
is white as an orchid
on a crusted log

JEAN RHYS

Nelle loro anemiche fotografie
macchiate di acidi,
come la mano sinistra di una zia zitella,
si sono spostati fino all'orlo
di verande di un bianco whistleriano,
bruna come il tè la loro giungla
– persino le sue palme appuntite –
pallidi i loro volti,
da ritoccare a colpi di matita:
signori con i colletti d'osso
e i baffi a punta,
le mogli confinate dentro i vimini
delle poltrone, e tutti colorati per chi guarda
a distanza di un secolo
che comincia a gemere aspettando il colpo d'ascia!

I loro cavalli bai prendono il nero
degli spaniel, il prato antistante è un tappeto
beige, bruna luce lunare e una luna
così emaciata, così farmaceutica
che la sua faccia è quella di una bimba
con la febbre,
un angelo malarico
la cui tomba ancora si contrae
sotto una furia di boscaglia,
una follia di batate selvatiche
che si accapigliano per occultarla a cimiteri
atavici.

E il sospiro di quella bambina
è bianco come un'orchidea
su un ceppo incrostato

in the bush of Dominica,
a V of Chinese white
meant for the beat of a seagull
over a sepia souvenir of Cornwall,
as the white hush between two sentences.

Sundays! Their furnace
of boredom after church.
A maiden aunt canoes through lilies of clouds
in a Carib hammock, to a hymn's metronome,
and the child on the varnished, lion-footed couch
sees the hills dip and straighten with each lurch.
The green-leaved uproar of the century
turns dim as the Atlantic, a rumourous haze
behind the lime trees, breakers
advancing in decorous, pleated lace;
the cement grindstone of the afternoon
turns slowly, sharpening her senses,
the bay below is green as calalu,
stewing Sargasso.

In that fierce hush
between Dominican mountains
the child expects a sound
from a butterfly clipping itself to a bush
like a gold earring to a black maid's ear –
one who goes down to the village, visiting,
whose pink dress wilts like a flower
between the limes.

There are logs
wrinkled like the hand of an old woman
who wrote with a fine courtesy to that world
when grace was common as malaria,

nel folto di Dominica,
una V di biacca
destinata al battito d'ali di un gabbiano
sopra un souvenir seppia della Cornovaglia,
come il bianco silenzio tra due frasi.

Le domeniche! La loro fornace
di noia dopo la Messa.
Una zia nubile va in canoa tra gigli di nuvole
su un'amaca caribica – un inno è il suo
metronomo –
e la bambina sul sofà laccato, con piedi di leone,
vede le alture scendere e drizzarsi
a ogni oscillazione.
La rivolta del secolo, ammantata di foglie verdi,
si offusca come l'Atlantico, una nebbia rumorosa
dietro i cedri, ondate
che avanzano in decorosi pizzi pieghettati;
la macina di cemento del pomeriggio
gira lenta, aguzzando in lei i sensi,
la baia in basso è verde come *calalu*,
fumigante Sargasso.

In quell'aspro silenzio
tra i monti di Dominica
la bimba aspetta un suono
da una farfalla che si aggraffa a un rovo
come un pendente d'oro all'orecchio
di una serva nera –
una che scende al villaggio, in visita,
con un abito rosa che appassisce
come un fiore tra i cedri.

Ci sono tronchi
rugosi come la mano di una vecchia donna
che scrisse con squisita cortesia a quel mondo
quando il garbo era diffuso come la malaria,

when the gas lanterns' hiss on the verandah
drew the aunts out like moths
doomed to be pressed in a book, to fall
into the brown oblivion of an album,
embroiderers of silence
for whom the arches of the Thames,
Parliament's needles,
and the petit-point reflections of London Bridge
fade on the hammock cushions from the sun,
where one night
a child stares at the windless candle flame
from the corner of a lion-footed couch
at the erect white light,
her right hand married to *Jane Eyre*,
foreseeing that her own white wedding dress
will be white paper.

quando il sibilo delle lanterne a gas sulla veranda
attirava le zie come falene
condannate a esser chiuse dentro un libro,
a cadere dentro l'oblio marrone di un album,
ricamatrici del silenzio
per le quali le arcate del Tamigi,
le cuspidi del Parlamento
e i riflessi a petit-point del London Bridge
sbiadiscono al sole sui cuscini dell'amaca,
dove una sera
una bambina guarda alla fiammella ignara
del vento
dall'angolo di un sofà con zampe di leone,
a quella bianca luce impettita,
la mano destra sposata a *Jane Eyre*,
prevedendo che l'abito nuziale
sarà, per lei, tutto di carta bianca.

NOTA ALL'EDIZIONE

I testi del presente volume sono tratti da *Collected Poems 1948-1984*, New York, 1986, in cui Derek Walcott ha riunito un'ampia scelta di poesie attingendo alle varie raccolte pubblicate a partire dai *25 Poems* che videro la luce nel 1948 a Port of Spain, capitale di Trinidad.
In particolare, *Prelude* proviene appunto dai *25 Poems*. I testi delle pp. 30-52 appartengono a *In a Green Night* (1962); quelli delle pp. 54-70 a *The Castaway and Other Poems* (1965); quelli delle pp. 72-88 a *The Gulf* (1970); quelli delle pp. 90-108 a *Sea Grapes* (1976); *The Schooner « Flight »* fa parte della raccolta *The Star-Apple Kingdom* (1979); e i testi delle pp. 150-164 provengono da *The Fortunate Traveller* (1981).

Le traduzioni sono di Barbara Bianchi per *Prelude*, *A Far Cry from Africa*, *Ruins of a Great House*, *A Sea-Chantey*, *In a Green Night*, *Islands*, *The Castaway*, *Crusoe's Island*, *Codicil*, *Star* e *Map of the New World*;
di Gilberto Forti per *Missing the Sea*, *The Glory Trumpeter*, *Blues*, *Air*, *The Walk*, *Volcano*, *Endings*, *The Fist*, *Love after Love*, *Dark August*, *Sea Canes*, *Midsummer Tobago*, *Winding Up*, *The Morning Moon*, *Hurucan* e *Jean Rhys*;
di Roberto Mussapi per *The Schooner « Flight »*.

PICCOLA BIBLIOTECA ADELPHI

ULTIMI VOLUMI PUBBLICATI:

480. Johannes Urzidil, *Di qui passa Kafka*
481. James Hillman, *L'anima del mondo e il pensiero del cuore* (4ª ediz.)
482. Charles Simic, *Hotel Insonnia*
483. Ernst Weiss, *Jarmila*
484. Czesław Miłosz, *Il cagnolino lungo la strada*
485. Elémire Zolla, *Discesa all'Ade e resurrezione*
486. Evelyn Waugh, *Compassione*
487. Carl Schmitt, *Terra e mare* (3ª ediz.)
488. Benedetto Croce, *Dal libro dei pensieri*
489. Tim Judah, *Guerra al buio*
490. Leonardo Sciascia, *I pugnalatori* (3ª ediz.)
491. Alan Bennett, *La signora nel furgone* (5ª ediz.)
492. Gershom Scholem, *I segreti della creazione*
493. Ennio Flaiano, *Autobiografia del Blu di Prussia*
494. Gerald Durrell, *Io e i lemuri*
495. Arthur Schopenhauer, *L'arte di conoscere se stessi* (8ª ediz.)
496. Sholem Aleykhem, *Un consiglio avveduto*
497. W. Somerset Maugham, *Pioggia* (2ª ediz.)
498. Martin Heidegger, *Il nichilismo europeo* (2ª ediz.)
499. William Faulkner, *Privacy*
500. Roberto Calasso, *Cento lettere a uno sconosciuto* (2ª ediz.)
501. Claude Debussy, *Il signor Croche antidilettante*
502. Leonardo Sciascia, *L'adorabile Stendhal*
503. Tommaso Landolfi, *Se non la realtà*
504. *La trappola della giumenta,* a cura di Wendy Doniger
505. Sholem Aleykhem, *Cantico dei Cantici* (2ª ediz.)
506. Inoue Yasushi, *Il fucile da caccia* (9ª ediz.)
507. Ennio Flaiano, *Le ombre bianche*
508. Tim Judah, *Saddam e le Sugababes*
509. Stefan Zweig, *Amok* (3ª ediz.)
510. Constantinos Kavafis, *Un'ombra fuggitiva di piacere* (4ª ediz.)
511. Franz Kafka, *Aforismi di Zürau* (5ª ediz.)
512. Richard P. Feynman, *Sei pezzi meno facili* (3ª ediz.)
513. Manlio Sgalambro, *De mundo pessimo*
514. Leonardo Sciascia, *Il teatro della memoria · La sentenza memorabile*
515. Ferdinando Tartaglia, *Esercizi di verbo*
516. Robert Walser, *Ritratti di scrittori*

517. Tommaso Landolfi, *Il principe infelice*
518. Nathaniel Hawthorne, *Venti giorni con Julian*
519. Tullio Pericoli, *La casa ideale di Robert Louis Stevenson*
520. E.M. Cioran, *Un apolide metafisico* (2ª ediz.)
521. Friedrich Nietzsche, *Frammenti postumi, I*
522. Friedrich Nietzsche, *Frammenti postumi, II*
523. Giorgio Manganelli, *La favola pitagorica* (4ª ediz.)
524. Charles Simic, *Il cacciatore di immagini*
525. Paolo Castaldi, *In nome del padre*
526. Guido Ceronetti, *La lanterna del filosofo* (2ª ediz.)
527. Irène Némirovsky, *Il ballo* (7ª ediz.)
528. Alberto Manguel, *Con Borges*
529. Carl Schmitt, *Teoria del partigiano*
530. Roberto Calasso, *La follia che viene dalle Ninfe* (4ª ediz.)
531. Friedrich Nietzsche, *Frammenti postumi, III*
532. Cesare Garboli, *Il «Dom Juan» di Molière*
533. Willa Cather, *La nipote di Flaubert*
534. Isaiah Berlin, *La libertà e i suoi traditori*
535. Friedrich Nietzsche, *Frammenti postumi, IV*
536. Alberto Arbasino, *Dall'Ellade a Bisanzio* (3ª ediz.)
537. Haniel Long, *La meravigliosa avventura di Cabeza de Vaca*
538. Benedetto Croce, *Un paradiso abitato da diavoli* (2ª ediz.)
539. Paul Valéry, *Cattivi pensieri* (2ª ediz.)
540. Giorgio Manganelli, *L'isola pianeta e altri Settentrioni*
541. Eudocia Augusta, *Storia di san Cipriano*
542. Arthur Schopenhauer, *L'arte di invecchiare*
543. Pseudo Meister Eckart, *Diventare Dio*
544. Rosa Matteucci, *Cuore di mamma* (3ª ediz.)
545. Ennio Flaiano, *Una e una notte*
546. Willa Cather, *Il mio mortale nemico*
547. Inoue Yasushi, *Amore* (2ª ediz.)
548. Tommaso Landolfi, *In società*
549. Giorgio Colli, *Platone politico*
550. Giorgio Manganelli, *Mammifero italiano*
551. Goffredo Parise, *Guerre politiche*
552. Manlio Sgalambro, *La conoscenza del peggio*
553. Mordecai Richler, *Un mondo di cospiratori*

Stampato nell'aprile 2007
dal Consorzio Artigiano «L.V.G.» - Azzate

Piccola Biblioteca Adelphi
Periodico mensile: N. 299/1992
Registr. Trib. di Milano N. 180 per l'anno 1973
Direttore responsabile: Roberto Calasso